ALISIO
L'éditeur des voix qui inspirent

Suivez notre actualité sur **www.alisio.fr**
et sur les réseaux sociaux LinkedIn,
Instagram, Facebook et Twitter !

Alisio s'engage pour une fabrication éco-responsable !
Notre mission : vous inspirer. Et comment le faire sans participer à la construction du meilleur des futurs possible ? C'est pourquoi nos ouvrages sont imprimés sur du papier issu de forêts gérées durablement.

Cette publication est possible grâce à l'aide financière de la Dutch Foundation for Literature.

Nederlands letterenfonds
dutch foundation for literature

© 2020 Selma van de Perre.
Publication originale par Thomas Rap, Amsterdam.
Traduit de l'anglais par Myriam Bouzid
Suivi éditorial : Marie-Laure Deveau
Relecture-correction : Emmanuelle Pavan
Maquette : Sébastienne Ocampo
Design de couverture : Célia Cousty
Photo de couverture : Selma van de Perre
Photos intérieures : archives personnelles de l'auteure.

© 2021 Alisio,
une marque des éditions Leduc.s
10, place des Cinq-Martyrs-du-Lycée-Buffon
75015 Paris – France
ISBN : 978-2-37935-128-0

SELMA VAN DE PERRE

Mon nom est Selma

Traduit de l'anglais par Myriam Bouzid

ALISIO
Témoignages & Documents

À mes parents et à ma petite sœur

Sommaire

Prologue	9
L'artiste et la modiste : *ma famille*	13
Sauter par-dessus les fossés : *mon enfance*	23
Citoyens de seconde zone : *l'Occupation*	41
Je quitte la maison : *ma famille dans la clandestinité*	65
Cheveux blonds : *dans la Résistance*	95
Les compartiments secrets : *mon arrestation*	143
Une salopette bleue : *le camp de Vught*	161
Le couloir de la mort : *Ravensbrück*	173
Mon vrai nom : *la Libération*	211
Vivre sa vie : *Londres*	245
Commémoration	261
Épilogue	271

Prologue

6 septembre 1944 – Pour Greet Brinkhuis

Ma chère Gretchen,

Suis avec douze autres personnes dans un wagon à bestiaux, à Vught. Destination probable, Sachsenhausen ou Ravensbrück. Tiens bon. C'est ce que je fais moi aussi. Même si j'aimerais que ce cauchemar prenne fin. Je vais jeter ce message du train, par une fente dans la paroi. Au revoir mes chéries. Baisers, Marga

On nous a ordonné de prendre notre brosse à dents et nos affaires, et d'attendre dehors. Ils allaient nous emmener ailleurs, c'était évident, mais où ? Nous n'en savions rien. Je pensais qu'il serait plus sûr de rester dans le camp de Vught plutôt que d'être entraînée vers l'inconnu, et j'ai décidé de me cacher sous un matelas. J'ai laissé passer les autres femmes et je suis restée dans la baraque, mais je n'ai pas été assez rapide. Je n'étais qu'à moitié dissimulée lorsque l'*Aufseherin*[1] est entrée. Elle m'a sommée de me dépêcher. Elle m'a tirée par le bras pour me faire sortir et m'a poussée dans la dernière voiture. Ce petit retard a joué en ma faveur : le wagon n'était pas encore très occupé. Les autres étaient pleins à craquer et les pauvres femmes qui s'y trouvaient, dont mes amies du camp, ont voyagé durant trois jours dans des conditions épouvantables. Nous n'étions qu'une douzaine de femmes dans mon wagon. Je ne connaissais aucune d'entre elles. Certaines avaient mon âge. Ce n'étaient pas des prisonnières politiques, comme moi, mais des « asociales », dont le comportement déplaisait aux Allemands. Elles se sont rendu compte que j'étais différente d'elles, plus éduquée. En fait, la plupart étaient des prostituées qui avaient été emprisonnées parce qu'elles étaient porteuses de MST. Elles travaillaient en cuisine, et elles avaient réussi à embarquer un bidon de soupe épaisse et une grande boîte contenant du pain et de la saucisse. Je trouvais qu'on avait beaucoup de chance ; je savais que les autres wagons ne disposaient pas de nourriture. Apparemment, ces femmes ne mesuraient pas leur bonheur, elles ont commencé à se disputer pour les provisions que certaines voulaient entamer immédiatement. Nous pensions être en route pour l'Allemagne, mais nous ignorions notre destination exacte. Comme nous ne savions pas combien de temps durerait le trajet, il me semblait raisonnable

---

[1]. Gardienne.

de rationner les aliments. Je l'ai dit avec beaucoup de diplomatie aux autres, et heureusement elles m'ont écoutée. Elles m'ont chargée de partager les victuailles. C'était un honneur pour moi ; j'ai distribué la soupe, coupé le pain et la saucisse – et elles ont vu que je faisais de mon mieux pour ne léser personne.

Il y avait suffisamment de place pour que nous puissions toutes nous asseoir sur le sol du wagon, certaines s'étaient même adossées aux cloisons. Nous nous sommes allongées et avons dormi durant une bonne partie du voyage, elles ne me parlaient pas beaucoup. Les filles qui travaillaient en cuisine discutaient un peu entre elles, comme elles se connaissaient déjà. Les heures passant, elles se sont montrées un peu plus amicales envers moi – elles m'ont même donné un peu de papier toilette. C'est sur ce papier que j'ai griffonné un message pour Greet Brinkhuis, mon amie d'Amsterdam, afin de la prévenir que j'étais dans un train et probablement en route pour l'Allemagne. J'ai profité de notre premier arrêt dans une gare pour glisser mon message par une fente entre les cloisons en bois du wagon. Je voulais tenter ma chance, même s'il était peu probable que Greet reçoive mon message.

Le voyage était très éprouvant. Il semblait interminable, même pour nous, dans ce wagon privilégié. J'étais affreusement anxieuse, mais nous avions aussi l'impression que la guerre ne durerait plus très longtemps. Nous savions que les Alliés se trouvaient à nos frontières. J'ai tenté de ne pas trop m'en faire, comme je ne pouvais rien changer à ma situation. Cela n'aurait servi à rien.

Nous avons dormi sur le plancher en bois du wagon. C'était inconfortable, mais cela devait être bien pire pour mes amies – à cinquante ou soixante par wagon, elles n'ont certainement même pas pu s'asseoir. Et elles n'avaient rien à manger. Je ne m'en rendais pas compte à ce moment-là, mais j'avais de la chance.

Nous sommes arrivées le 8 septembre, après trois jours et deux nuits d'enfermement. Les portes coulissantes se sont ouvertes, nous dévoilant un premier aperçu de ce qui s'avérerait Ravensbrück. Ironie du sort, ce lieu d'horreur est situé dans un cadre magnifique, près d'un grand lac, le Schwedtsee, que nous ne pouvions pas voir. Les surveillantes nous ont ordonné de sortir. Des SS flanqués de gros chiens supervisaient l'opération, un fouet à la main. Les chiens aboyaient et les hommes hurlaient : « *Schnell, schnell ! Heraus, heraus, heraus*[2] ! »

Nous étions toutes terrorisées.

---

2. « Vite, vite ! Dehors, dehors, dehors ! »

L'artiste et la modiste
Ma famille

Je suis assise au calme, dans ma maison à Londres, et je regarde une photo prise en 1940. Ma mère, ma sœur et moi dans le jardin de tante Sara à Amsterdam : le lieu respirait encore le calme à ce moment-là. Ma mère, que nous surnommions affectueusement « Mams », était âgée de 51 ans, ma sœur Clara avait 12 ans et moi 18. C'est une photo de famille banale qui montre des gens ordinaires ; nous passons un après-midi agréable, nous sommes contentes d'être ensemble dans le jardin. Les moments passés en famille devraient toujours être ainsi : tendres, plaisants, prévisibles, rassurants. Rien sur nos visages ne laisse présager les événements des trois années à venir : le décès de mon père, de ma mère, de Clara, de ma grand-mère, de tante Sara, de son époux Arie et de leurs deux fils, ainsi que de nombreux autres membres de ma famille, non de mort naturelle ou par accident, mais à cause de la barbarie qui sévissait déjà en Europe à l'époque de la photo et qui se propagerait bientôt aux Pays-Bas. Avant ces terribles événements, nous ignorions que vivre dans l'anonymat était un privilège. Aujourd'hui encore, j'ai du mal à croire que des gens qui auraient dû mener une existence banale se retrouvent sur des listes et des monuments commémoratifs – en tant que victimes du système d'extermination de masse le plus méthodique du monde.

Comme la plupart des gens, je suis née dans une famille ordinaire, qui n'avait rien de remarquable pour ceux qui n'en faisaient pas partie. Mon grand-père paternel, Levi Velleman, était antiquaire à Schagen. Il y possédait un magasin, et un autre à Haarlem, mais il n'a jamais fait fortune. Ma grand-mère paternelle, Saartje Slagter, était femme au foyer comme il était d'usage alors – mais peu conforme au stéréotype, car c'était loin d'être une fée du logis. Elle s'acquittait très mal de la cuisine et du ménage, et sa fille aînée, ma tante Greta, racontait que la maison était toujours en désordre : on ne retrouvait jamais rien, car elle fourrait les vêtements au hasard dans les tiroirs. Une domestique à temps plein se chargeait du plus gros, mais en grandissant, tante Greta a peu à peu assumé les tâches courantes et s'est occupée de ses frères et sœurs cadets.

Mon père, Barend Levi Velleman, est né le 10 avril 1889, c'était le premier enfant de Levi et Saartje. L'accouchement s'était bien passé, au grand soulagement de mon grand-père. En effet, sa première épouse, qui s'appelait Betje, était morte en couches et le nourrisson, un garçon également prénommé Barend, l'avait suivie quatre jours plus tard. Chez les Velleman, les fils aînés de chaque génération s'appellent alternativement Barend Levi ou Levi Barend, car la famille descend de la tribu biblique des Levi. Grand-père a épousé grand-mère le 20 juin 1888, quatre mois seulement après le décès de sa première épouse ; il était apparemment pressé de fonder une famille. Saartje avait cinq ans et demi de plus que son époux, elle était âgée de 30 ans lorsqu'elle a donné naissance à mon père – à l'époque, c'était considéré comme vieux pour un premier enfant. Mais Saartje était une femme solide : elle a engendré dix enfants, le dernier à l'âge de 43 ans. Elle a survécu de nombreuses années à mon grand-père, lequel est décédé dans sa 54e année. Qui sait, peut-être aurait-elle atteint un âge extrêmement avancé si elle n'avait pas été assassinée à 83 ans à Auschwitz, le 28 septembre 1942. À peine quelques semaines plus tard, son fils, mon père, y était assassiné lui aussi.

On avait fêté dignement sa naissance, à ce fils plein de vitalité. Pourtant, même les familles ordinaires connaissent des traumatismes et, très vite, mon père ne s'était plus senti aimé. Il avait 3 ans lorsque Greta est née, le 16 avril 1892. Un jour, alors que Saartje changeait la couche de Greta, on a frappé à la porte. Saartje a ouvert en laissant le petit Barend seul avec le bébé. En revenant, elle a trouvé Greta au sol et en larmes. Saartje a accusé mon père, elle le soupçonnait d'avoir poussé sa sœur de la table à langer par jalousie. Plus tard, tante Greta a dit qu'elle avait dû rouler de la table, mais il se pourrait que grand-mère ait vu juste. On ne saura jamais le fin mot de l'affaire, comme souvent dans les histoires de famille. Quoi qu'il en soit, mon père a été envoyé chez ses grands-parents paternels. Il a habité toute son enfance chez eux, à Alkmaar, et ils l'ont élevé comme s'il était leur fils.

On a du mal à imaginer qu'une mère puisse abandonner son fils, mais trois mois après la naissance de Greta, grand-mère était de nouveau enceinte, et s'occuper d'un tout-petit, en plus d'un nourrisson, était vraisemblablement trop lourd pour elle. Les tâches ménagères n'avaient jamais été son fort, elle devait se sentir soulagée d'être déchargée de certaines de ses obligations. En tout cas, mes grands-parents paternels étaient ravis d'accueillir leur petit-fils.

Mon père a donc grandi chez ses grands-parents, tandis que ses parents et ses sept frères et sœurs qui n'étaient pas morts en bas âge vivaient sous le même toit. Comme il était le seul à avoir été écarté de la famille, il souffrait d'un profond sentiment de rejet. Son exil précoce l'a tourmenté toute sa vie ; il n'a jamais pardonné à sa mère de ne pas l'avoir repris à la maison. Ils ont gardé le contact durant son enfance, mais une fois adulte il ne lui a plus adressé la parole durant des années. À part l'oncle Harry, l'un de ses frères cadets qu'il voyait régulièrement, je n'ai rencontré aucun membre de sa famille jusqu'à la fin de mon adolescence. Il devait certainement avoir parfois des nouvelles de ses autres frères et sœurs, mais il n'en parlait jamais. J'étais curieuse d'en savoir plus sur eux, mais notre éloignement était si ancré qu'il semblait normal, et j'y pensais à peine.

Cette situation a pris fin en 1941, j'avais 19 ans. Un jour, on a sonné à la porte et j'ai ouvert. Une femme élégante, vêtue de noir et portant un chignon haut, se tenait sur le seuil.

Elle m'a demandé : « Ton père est là ? »
Je suis allée le chercher.
Il s'est écrié : « Maman ! »
Je les observais avec stupéfaction.

J'étais très contente de faire la connaissance de nouveaux membres de la famille et surtout de rencontrer tante Greta, car tout le monde disait que nous avions de nombreux traits communs, physiquement mais aussi par le caractère. Au début, cette ressemblance me vexait, car je savais que mon père lui gardait rancune, mais quand je l'ai rencontrée, je l'ai trouvée extrêmement gentille. Elle a survécu à la guerre parce qu'elle avait épousé un chrétien, et je fus très contente de la revoir après la Libération. Renouer avec la famille paternelle était important pour nous. L'amour donne tout son prix à la vie, et je pense que grand-mère a essayé de faire la paix avant qu'il ne soit trop tard.

Nos timides tentatives pour remédier à la désunion familiale ont malheureusement été de courtes durées et ont connu une fin abrupte. En 1942, les Allemands ont obligé ma grand-mère à quitter son logement à Haarlem pour s'installer dans une maison de retraite juive à Amsterdam. Mams, Clara et moi lui rendions visite toutes les semaines, mais à la fin de l'année tous les résidents de la maison de retraite ont été envoyés au camp néerlandais de Westerbork, et de là, déportés à Auschwitz, où ils ont été assassinés. Les Allemands ont tout simplement vidé la maison de retraite. Nous n'étions au courant de rien et n'avons pas pu lui faire nos adieux. Grand-mère avait disparu. Je ne connais pas la date exacte de sa déportation, mais elle a sûrement précédé sa mort de peu de jours. La vie des Juifs était tellement chaotique en ce temps-là qu'on avait du mal à garder le contact les uns avec les autres, même au sein de la famille proche. Je n'ai eu connaissance du sort de ma grand-mère qu'après la guerre. L'un des frères cadets de papa avait annoncé qu'elle était décédée à Westerbork, mais en consultant les listes j'ai vu qu'elle avait été tuée à Auschwitz le 28 septembre 1942.

L'artiste et la modiste : ma famille

Mon arrière-grand-père possédait une fabrique où les chiffonniers apportaient leur charpie pour la transformer en papier. Les affaires marchaient bien, et papa, son petit-fils, jouissait d'une vie relativement aisée. C'était un garçon intelligent qui avait sauté plusieurs classes à l'école, et la famille nourrissait de grandes ambitions à son sujet. Il fréquentait le lycée et, à 17 ans, on l'avait inscrit dans une yeshiva (une école talmudique) à Amsterdam. Ses grands-parents étaient pieux et voulaient qu'il se lance dans une carrière religieuse. Il possédait une belle voix de ténor, et ils le voyaient *hazzan* (chantre) ou rabbin.

Mais papa n'était pas d'accord ; il avait toujours voulu faire du théâtre. Adolescent, il avait assuré la mise en scène de pièces qu'interprétaient des amis et des proches, non seulement lors de fêtes de famille, mais aussi au cours d'événements locaux. Je me souviens d'un journal qui parlait d'une « très belle performance du jeune Barend Velleman ». Le théâtre était sa passion et il avait beaucoup de talent.

C'était un rebelle, il avait rejeté la foi, si importante dans la vie de ses grands-parents. À la yeshiva, il harcelait ses professeurs de questions de théologie et refusait leurs explications. Il les rendait fous, parce qu'il ne se pliait pas suffisamment aux lois du judaïsme. Il n'était évidemment pas fait pour être rabbin. Par deux fois, il a été renvoyé de l'école et par deux fois son grand-père lui a filé une raclée avant de le ramener à la yeshiva. Alors, papa a décidé d'employer les grands moyens. Il a acheté un billet de bateau pour l'Angleterre avec l'argent de poche qu'il avait économisé. Mon arrière-grand-père s'est rendu au commissariat pour demander qu'on lui ramène son petit-fils, qui était mineur. Personne n'a jamais su précisément le rôle de la police dans cette affaire, mais papa a été obligé de revenir à la maison. Après cet épisode, mes arrière-grands-parents ont compris qu'ils gaspillaient leur temps et leur argent à pousser mon père vers une carrière religieuse.

Papa s'est immédiatement lancé dans le théâtre, sous le pseudonyme de Ben Velmon, et à partir de là, il a travaillé dans le monde du spectacle. Il a été acteur, chanteur et présentateur de revues. Son existence était passionnante mais précaire. Notre famille a donc mené une vie de nomade ; comme ses revenus n'étaient pas stables nous déménagions souvent, nous étions parfois très pauvres et d'autres fois relativement riches. Mais papa faisait ce qu'il aimait, et j'étais extrêmement fière de lui.

Durant les quatre années de la Première Guerre mondiale, un million de Belges ont fui aux Pays-Bas. Ils étaient hébergés dans des camps de réfugiés. Après la guerre, ils sont repartis vers leurs villages et leurs villes, souvent en ruines. Papa était responsable des spectacles dans les camps pour les réfugiés belges. Plus tard, un certain nombre de jeunes chanteurs et comédiens qu'il avait engagés et encouragés sont devenus célèbres. En guise de reconnaissance, les réfugiés ont fait fondre une partie de leur or pour confectionner une magnifique chevalière aux initiales de mon père. Elle a hélas disparu au cours de la Seconde Guerre mondiale.

*

Ma mère se prénommait Femmetje, mais dans la famille tout le monde l'appelait Fem. Elle est née le 10 août 1889 à Alkmaar, c'était la fille de David et Clara Spier, la quatrième de sept enfants ; elle avait trois sœurs et trois frères. Mon grand-père maternel possédait un grand magasin de mode et de mercerie à Alkmaar et en avait ouvert un également à Den Helder. Les parents de ma mère recevaient régulièrement les grands-parents de mon père à Alkmaar pour jouer aux cartes. Papa se débrouillait bien aux cartes et participait souvent aux soirées durant lesquelles ma mère servait le thé. Ils ont fait connaissance ainsi. Mams a dit à ses parents qu'elle voulait devenir modiste, car elle était déterminée à suivre papa lorsqu'il a été envoyé à la yeshiva d'Amsterdam. Elle savait que des amis de ses parents possédaient un magasin à Amsterdam, ils créaient de magnifiques chapeaux dernier cri, et Mams a demandé à entrer en apprentissage chez eux. Étant issue du milieu de la mode et de la mercerie, il n'y avait rien d'étonnant à ce qu'elle veuille devenir modiste, même si les femmes de la famille Spier n'ont jamais eu le droit d'exercer un vrai métier ; elles ne créaient des chapeaux et des vêtements que pour leurs proches, et exécutaient ces tâches en plus du travail domestique. Mon père était bien sûr la véritable raison de son départ pour Amsterdam. Il lui rendait visite régulièrement dans la maison où elle logeait et, après son départ de la yeshiva, ils se sont mariés à Alkmaar, le 21 mars 1911.

Mon frère Louis, leur premier enfant, est né le 29 décembre 1911. Il se prénommait officiellement Levi Barend – comme mon grand-père paternel – mais tout le monde l'appelait Louis. Mon autre frère, David, est né deux ans plus tard, le 26 décembre 1913. Mon père s'était forgé une réputation et il se produisait dans les meilleurs théâtres. Mams, lui et mes frères vivaient dans une élégante demeure, au numéro 445 du Prinsengracht. C'est dans cette famille et au milieu de cette opulence qu'est née une fille, le 7 juin 1922, à l'hôpital du Wilhelmina Gasthuis. Selma Velleman, moi.

Sauter par-dessus les fossés
Mon enfance

Mon père faisait une tournée européenne au moment de ma naissance et il a décidé que la famille irait s'installer à Zandvoort, près de la mer, parce que l'air y était plus sain qu'à Amsterdam, surtout pour les enfants. En ce temps-là, Zandvoort était déjà l'une des stations balnéaires les plus réputées des Pays-Bas. J'avais deux semaines lors du déménagement, et nous y sommes restés jusqu'à mes 4 ans. Je ne me souviens pas de grand-chose bien sûr, mais je sais grâce aux photos que David me promenait souvent sur la plage dans une petite charrette lorsque j'avais environ 1 an. Ces photos ont malheureusement disparu durant la guerre, comme tant d'autres affaires.

Nous sommes revenus habiter à Alkmaar en 1926. La tournée européenne de mon père était terminée, et il était probablement au chômage. Comme ses revenus étaient très variables, nous ne sommes jamais restés longtemps au même endroit durant mon enfance. Cette existence incertaine m'a été profitable plus tard, lorsque la guerre a mis fin à toute forme de stabilité. Je ne me sentais pas liée à un lieu et je savais m'adapter ; je suis sûre que cela m'a aidée à faire face aux événements atroces et imprévisibles que j'allais vivre.

Notre maison à Alkmaar était agréable, c'était la dernière d'une rangée, elle était située à proximité des prés et d'un petit canal. Nous n'étions pas les seuls enfants dans la rue, et je me souviens que nous jouions beaucoup dehors tous ensemble. Un jour, même si je n'avais que 4 ans, j'ai voulu imiter les grands qui s'élançaient par-dessus le fossé : j'ai toujours été intrépide. J'étais bien sûr trop petite pour sauter une telle distance et je suis tombée dans l'eau. Les autres enfants ont fait un tel raffut que le coiffeur est accouru du coin de la rue pour me tendre une perche. Nous vivions une époque innocente et paisible, un petit incident de ce genre déclenchait beaucoup d'effervescence. Cette aventure a alimenté les rires et les commérages du quartier durant des jours entiers. Je me souviens aussi de ma joie, après l'école, de courir au marché avec mes amis, car les commerçants nous offraient toujours un morceau de fromage.

Nous rendions visite chaque dimanche à mon arrière-grand-mère, qui vivait dans la maison où mon père avait grandi. J'étais encore très jeune, je me souviens donc à peine d'elle, mais je la revois encore, assise au bout d'une longue table sur laquelle se trouvait une grande cafetière posée sur un chauffe-plat. Elle était invariablement vêtue de noir et portait un bonnet en dentelle noué sous le menton. Mes parents discutaient avec elle tandis que la domestique, Roos Meyboom, que nous appelions tante Roos, m'emmenait à la cuisine, où elle m'offrait une tranche de cake ou des sucreries. Tante Roos était une domestique dévouée qui s'est toujours occupée à la perfection de mes arrière-grands-parents. Elle adorait papa, en fait c'est elle qui l'a élevé. Lorsque mon arrière-grand-mère est décédée, le 12 décembre 1926, tante Roos s'est installée chez nous et elle est devenue ma nourrice. Sa chambre à coucher se trouvait à côté de la mienne ; je me glissais dans son lit tous les matins et elle me racontait des histoires.

Un jour, alors que je me rendais dans sa chambre comme chaque matin, j'ai trouvé une chaise devant sa porte. C'était bizarre, mais j'ai tout simplement poussé la chaise et j'ai grimpé comme d'habitude dans le lit de tante Roos. À peine sous les draps, j'ai senti que quelque chose clochait ; au lieu d'être agréablement chaud, le lit était glacé et tante Roos aussi. Sans compter qu'elle ne me répondait pas lorsque je lui réclamais une histoire. Quand ma mère est venue me chercher et que je lui ai annoncé que tante Roos était froide, elle m'a expliqué qu'elle était morte dans la nuit. La chaise devant la porte était censée m'empêcher d'entrer, mais je ne m'étais pas laissée arrêter. J'ai oublié la date exacte de l'événement, mais cela s'est passé en 1927, quand j'avais 5 ans. C'était ma première expérience de la mort.

En 1927, nous avons quitté notre belle maison pour déménager dans un appartement au-dessus d'un grand café du centre d'Alkmaar. Ce nouveau logement était manifestement moins prestigieux que le précédent, j'en déduis que nous ne roulions pas sur l'or à ce moment-là. Un jour que tante Suze, la sœur cadette de ma mère, nous rendait visite, nous sommes passées devant la vitrine d'un magasin où trônait une superbe chaise haute. C'était une chaise ronde en rotin. J'ai eu le coup de foudre, je voulais absolument l'avoir, mais ma mère m'a dit que c'était impossible. Ma tante n'en a pas tenu compte et m'a dit qu'elle me l'offrait. Ma mère a protesté, mais tante Suze l'a ignorée, elle est entrée dans le magasin et l'a achetée. J'étais folle de joie. J'adorais cette chaise et j'adorais être assise dessus. C'est le genre de cadeau que l'on offre à un enfant dont les parents ont du mal à joindre les deux bouts, et je l'ai chérie très longtemps. Nous n'avions pas de contact avec la famille de papa, mais nous rencontrions souvent les frères et les sœurs de maman, et je les aimais beaucoup. Il va sans dire que tante Suze a été ma préférée après l'épisode de la chaise ! Elle est hélas décédée deux ans plus tard d'une péritonite à la suite d'une erreur de diagnostic, le médecin croyant qu'elle souffrait de douleurs menstruelles. Son fils, Loutje, n'avait que 5 ans. Suze était mariée à Jacques Limburg, un ami et collègue de théâtre de mon père.

Après le décès de Suze, oncle Jacques s'est laissé convaincre de confier Loutje au frère de ma mère et à sa femme, qui demeuraient à Leyde. Ils étaient ravis que Loutje s'installe chez eux, et tout le monde était persuadé que la vie du petit garçon y serait plus agréable que chez un veuf. Pour une raison que j'ignore, l'oncle Joop et la tante Jet n'ont pas gardé Loutje chez eux ; ils faisaient partie du conseil d'administration d'un orphelinat et l'ont placé dans cette institution. J'ignore pourquoi. Loutje a peut-être eu du mal à s'adapter chez eux après avoir perdu sa mère et avoir été éloigné de son père, ou alors ils s'imaginaient qu'il s'épanouirait mieux entouré d'autres enfants.

Nous sommes revenus habiter à Amsterdam en 1928, juste après le nouvel an. Cette fois-ci, nous étions vraiment tombés dans la pauvreté. Il fallait avoir vécu un an à Amsterdam pour avoir droit aux aides sociales de la ville, et nous ne pouvions recourir au soutien de la synagogue, puisque nous n'étions pas religieux. Notre premier appartement se trouvait dans la Ambonstraat, dans le quartier est d'Amsterdam, mais nous avons dû le quitter, car nous n'arrivions pas à payer le loyer. Comme Mams était sur le point d'accoucher, un de nos amis artistes nous a accueillis chez lui. Il avait lui aussi des enfants, il n'y avait donc pas de place pour mon père et mes frères. Clara est née à l'hôpital le 3 avril 1928, tandis que ces amis nous hébergeaient. Nous ne sommes restés chez eux qu'une semaine, papa ayant réussi à dénicher un appartement dans un quartier juif. Mams m'a raconté qu'il avait déclaré que nous formions une famille et que nous devions donc habiter ensemble ; c'est la preuve une fois de plus qu'il aspirait à une vie de famille stable et chaleureuse après ce qu'il avait subi dans son enfance.

Dans mon école primaire, les élèves devaient s'acquitter des frais de scolarité tous les lundis, mais nous étions incapables de verser cette somme, car nous étions trop pauvres. Chaque lundi, j'arrivais donc en classe en prétextant avoir oublié l'argent. Comme punition, je devais aller au coin. Cette injustice restera à jamais gravée dans ma mémoire. Les enseignants devaient bien se douter de notre situation : la même scène se répétait chaque semaine. Peut-être ne remarquaient-ils pas notre misère parce que j'étais toujours très bien vêtue ? Ma tante de Leyde nous envoyait les vêtements devenus trop petits pour sa fille Klaartje, qui avait cinq ou six ans de plus que moi. Ils m'allaient parfaitement après avoir été retouchés par Mams. Je me souviens même d'une institutrice s'exclamant : « Quoi, encore un nouveau manteau ? »

Sauter par-dessus les fossés : mon enfance

Les gens devaient s'imaginer que nous étions relativement aisés. Cependant, notre voisine connaissait notre dénuement, car un jour elle nous a très gentiment offert une banane, que ma mère a écrasée pour Clara. Je regardais le fruit avec envie, et elle m'en a donné aussi une cuillérée. Quelle joie !

L'année d'après – j'avais 7 ans –, je me suis réveillée un jour en proie à une forte fièvre. Je me suis mise à hurler, avant de m'évanouir. Mes parents ont appelé le médecin, qui a diagnostiqué une pneumonie doublée d'une pleurésie. L'inflammation de la plèvre provoque une accumulation de liquide au niveau de la cavité pleurale ; le docteur Antonie Menco voulait m'opérer sur place pour retirer immédiatement ce pus de mes poumons. Il a demandé à mon père de l'assister. Papa devait reculer de quelques pas et pulvériser un liquide contenu dans une seringue sur mon dos tandis que le médecin y enfonçait une aiguille pour sortir le pus. On aurait dit de l'eau glacée, mais je me rends compte à présent qu'il s'agissait de l'anesthésiant. Mams m'immobilisait en me maintenant fermement. Pendant l'opération, Louis, mon frère aîné, est rentré à la maison en chantonnant et en sifflotant comme à son habitude. Le docteur Menco lui a lancé : « Ferme la porte et arrête ce raffut. Tu veux la mort de ta petite sœur ? »

Pauvre Louis, il n'avait pas la moindre idée de ce qui se passait, mais il a obtempéré. Mon père a toujours affirmé que le docteur Menco m'avait sauvé la vie ce jour-là. Pour le remercier, il lui a offert une grande boîte de cigares. Plus tard, j'ai fréquenté le même lycée que la fille du docteur Menco et j'ai été très heureuse de chanter les louanges de son père.

Je suis restée malade longtemps. Nous vivions dans un appartement humide et glacé, ce qui ne favorisait évidemment pas ma guérison. Lorsque je me suis sentie un peu mieux, on m'a envoyée dans un sanatorium à Laren, une petite ville dans la région du Gooi où l'air est plus sain qu'au centre d'Amsterdam. On craignait que je contracte la tuberculose. Mon cousin David Roet séjournait pour la même raison dans le sanatorium, mais dans le quartier des hommes. Chaque jour, même en hiver par temps de neige ou de gel, les infirmières faisaient rouler les lits où étaient couchés les patients jusque dans la véranda. Celle-ci s'étendait sur toute la longueur du sanatorium ; les lits des enfants se trouvaient côté gauche, ceux des adultes côté droit.

Un jour, mon père m'a apporté six magnifiques fraises. Elles étaient disposées dans une boîte, sur du coton. À cette époque-là, les fraises étaient une denrée rare en hiver et, lorsqu'on en trouvait, elles coûtaient une fortune ; c'était un cadeau princier et elles avaient l'air délicieuses. Apparemment, papa gagnait plus d'argent ; c'était sa façon à lui de me prouver son amour et de me remonter le moral. La fois d'après, il m'a demandé si les fraises étaient bonnes et j'ai dû lui avouer que je n'avais pas eu le droit de les manger. Papa s'est fâché, il a demandé des explications à l'infirmière en chef. Elle lui a répondu qu'il était de règle de confisquer les cadeaux pour les partager entre tous les résidents. Les patients n'avaient pas le droit de conserver leurs propres fruits ou sucreries. Partager six fraises entre tous les patients n'avait pas dû être facile, et je suppose que c'est un membre du personnel qui les a mangées.

Un autre jour, papa m'a apporté une grande quantité de bananes, et j'ai caché l'une d'elles avant qu'on ne me les confisque. J'ai emporté la banane aux toilettes pour la manger. Hélas, j'ai été prise sur le fait par une infirmière qui passait par là. Elle était furieuse, elle s'est mise à crier et m'a attrapée par les épaules pour me ramener vers mon lit. Elle enfonça rudement ses larges doigts dans mes épaules, exactement à l'endroit de la ponction pleurale que j'avais subie. À présent, plus de quatre-vingt-dix ans plus tard, j'en souffre encore lorsque je suis enrhumée ou que je me cogne par inadvertance.

Malgré mon jeune âge, je me rendais compte qu'il ne servait à rien de s'obstiner à me faire ce genre de cadeau et j'ai demandé à ma famille de ne plus m'offrir de fruits. Ils ont pourtant continué à le faire. Je pense qu'il leur était impossible de venir les mains vides. L'un de mes oncles m'a offert une très jolie boîte de couleurs, mais je n'avais pas le droit de l'utiliser. Le personnel craignait certainement que je salisse les draps et les couvertures. Les règles étaient terriblement strictes. Après qu'une fille eut quitté son lit sans permission, tous les enfants ont été obligés de porter une blouse cousue de longs rubans que l'on fixait sous le châlit et qui nous immobilisait presque entièrement. J'avais du mal à embrasser mes visiteurs tant mes mouvements étaient entravés. Je me sentais totalement humiliée. Dans un certain sens, il s'agissait de ma première expérience carcérale, peut-être m'a-t-elle endurcie et préparée à ce qui allait m'arriver. En y repensant, je me rends compte qu'on traitait les enfants de façon abominable à cette époque.

J'aurais dû passer un an dans ce lieu affreux, mais je n'y suis restée que huit mois en définitive. J'ai pu rentrer à la maison plus tôt que prévu. La situation financière de papa s'était améliorée durant mon séjour au sanatorium, et la famille avait déménagé dans une belle maison à Diemen, près d'Amsterdam. La demeure possédait une salle de bains et un jardin ; elle n'était pas humide comme la précédente. De plus, papa pouvait se permettre d'engager une infirmière, les médecins ont donc considéré qu'il m'était possible de revenir chez moi en toute sécurité. Dans sa générosité habituelle, papa a offert un grand gâteau sec à chaque patient lors de ma sortie du sanatorium. Il a envoyé des quantités de boîtes de gâteaux secs pour que chaque patient en ait un.

La nouvelle maison était très agréable. Notre situation financière était florissante parce que mon père gérait l'un des premiers Luna Park des Pays-Bas, qui s'était ouvert pendant l'été 1903 à Diemen. Le tout premier Luna Park avait été inauguré en 1903 à Coney Island, Brooklyn, à New York. D'autres ont suivi aux États-Unis et en Europe. Le parc d'attractions de Diemen avait beaucoup de succès ; les photos de presse de l'époque montrent d'immenses files d'attente à l'entrée. Le Luna Park comprenait un cirque permanent et un manège, où j'ai appris à monter à cheval. J'adorais ça. On y voyait aussi ce que l'on appelait alors une « famille de lilliputiens », c'est-à-dire un groupe de personnes de petite taille ; je me souviens encore du jour où le « père » était venu chez nous pour postuler au Luna Park, lui et sa troupe. Dans ce parc d'attractions, on pouvait patiner, voir des pièces de théâtre, aller au concert et tenter sa chance aux jeux proposés sur des dizaines de stands. Le glacier italien avait annoncé que les glaces nous étaient offertes et qu'il ne fallait surtout pas hésiter à passer chez lui. Nous adorions tous la glace, papa m'y envoyait donc souvent après le dîner, et je revenais avec une grande coupe pour toute la famille.

Notre vie a été extrêmement agréable pendant un certain temps, mais cette aisance a été de courte durée. Le krach boursier américain de 1929 a plongé les Pays-Bas dans une crise profonde. Les affaires allaient de mal en pis. Les gens ne dépensaient plus d'argent pour les petits plaisirs de la fête foraine, n'allaient plus à la patinoire puisqu'ils pouvaient patiner gratuitement sur les canaux et les rivières, et n'avaient plus les moyens de se payer des activités luxueuses comme l'équitation. Il fallait fermer le Luna Park. Mon père a donc tenté une fois de plus de trouver du travail dans le secteur artistique, mais là aussi les débouchés se faisaient rares. Il s'est mis à boire et rentrait régulièrement complètement ivre à la maison. C'est un miracle qu'il n'ait jamais eu d'accident sur la route d'Amsterdam à Diemen. Ma mère avait l'habitude de dire : « Dieu a dû demander à ses meilleurs anges gardiens de s'occuper de lui. »

Il espérait davantage d'opportunités à Amsterdam, nous y sommes donc revenus et avons emménagé dans un duplex au troisième et quatrième étages de la Tweede Jan van der Heijdenstraat. Le jour de notre emménagement, la petite voisine du numéro 44 m'a observée de la fenêtre de son appartement du troisième étage pendant que je m'efforçais de m'amuser toute seule dans la rue. Elle est descendue et m'a dit : « Tu veux jouer à la balle avec moi ? »

Et voilà. Greet Brinkhuis est devenue ma meilleure amie. Elle était grande, blonde, typiquement hollandaise, c'était la fille unique d'un couple très catholique. J'étais mince et brune, et je venais d'une famille nombreuse et j'étais juive. Son père était relieur et toujours prêt à donner un coup de main à l'église du quartier. Ils allaient à la messe tous les matins et faisaient une prière avant et après chaque repas. Greet adorait venir chez nous et partager notre vie de famille. C'était l'amie la plus fidèle qui soit, et nous sommes restées intimes jusqu'à la fin de sa vie.

Toutes les chambres à coucher de notre nouvelle maison étaient pourvues d'un lavabo, ce qui était rare à l'époque, et nous avions une salle de bains, ce qui n'était pas courant non plus. En plus, des anneaux étaient fixés au plafond du couloir du dernier étage, les enfants pouvaient y faire de la gymnastique, et nous possédions une balançoire ; du coup, mes amis adoraient venir jouer chez moi. Le toit de la maison était plat, Louis et moi sortions par la fenêtre de l'une des chambres d'amis pour nous allonger au soleil. Un jour, un zeppelin nous a survolés. Nous l'avons suivi des yeux, émerveillés. La vie était belle. Nous aimions beaucoup cet appartement. Je me souviens surtout du salon spacieux percé de trois fenêtres, où se trouvait une grande table à rallonge. Nous l'utilisions pour jouer au ping-pong, dont j'avais eu un set en cadeau. Il était rare d'avoir assez d'espace pour ce genre de jeu, et nos cousins, cousines et amis étaient ravis de se retrouver chez nous. Louis essayait de m'exclure des parties de ping-pong ; je pense que ça l'ennuyait d'avoir sa petite sœur qui jouait moins bien que lui dans les pattes, mais comme d'habitude papa prenait ma défense en disant : « C'est son jouet. Laisse-la participer ! »

Je l'adorais, et ce n'est pas étonnant : il a toujours été un père formidable pour moi.

Nous sommes restés longtemps dans cet immeuble, mais l'escalier était si raide que mes parents ont fini par en avoir assez. En 1936, nous avons déménagé dans un appartement de la Jan Lievensstraat, situé également dans le quartier du Pijp. Un cousin de mon père possédait un gigantesque magasin de mobilier en gros, Dick & Co. Papa a acheté beaucoup de meubles neufs chez lui pour notre nouveau domicile, je suppose que nous étions relativement prospères à ce moment-là. Avant cela, tout notre mobilier était vieillot, le changement était donc bienvenu. Papa est aussi passé chez l'un de ses frères qui possédait deux magasins d'antiquités à Haarlem ; il y a choisi un bureau pour moi et une magnifique peinture à l'huile pour décorer l'appartement. Papa a dit : « Ils me le doivent bien après tout ce qu'ils m'ont fait subir. »

Il voulait dire par là qu'ils lui avaient refusé sa part d'héritage après la mort de grand-père en 1923. À ce moment-là, son frère travaillait déjà dans le magasin paternel qu'il avait repris après le décès. Papa faisait peut-être aussi référence à son bannissement de la famille lorsqu'il était enfant. Je ne sais pas si c'est pour cela qu'on lui donnait des choses gratuitement ou à prix réduit ; ce n'était pas le genre d'affaires dont on discutait avec les enfants en ce temps-là.

Pour nous, ce changement de mobilier symbolisait un nouveau départ, plein d'optimisme. Nous avons habité cet appartement jusqu'en 1942, lorsque nous avons été obligés de tout abandonner.

Sauter par-dessus les fossés : mon enfance

*

Malgré les fluctuations entre périodes de pauvreté et d'aisance, mon enfance a été très heureuse. Papa était un père dévoué, qui chérissait et protégeait ses enfants ; l'amour de nos parents était ce qui comptait le plus pour nous. J'étais non seulement aimée, mais aussi encouragée à développer mes talents. Contrairement à la plupart des hommes de sa génération, papa était très progressiste. J'ai eu de la chance d'être sa fille ; j'ai bénéficié de ses idées avant-gardistes. Je me souviens qu'un jour, à table, l'un de mes frères m'avait demandé d'aller lui chercher un verre d'eau. Mon père lui a répondu : « Hors de question. Elle n'est pas ta bonne. Vas-y toi-même. »

Personne ne pensait que c'était mon devoir de m'occuper de la maison parce que j'étais une fille. Mon père me défendait de faire la vaisselle ou d'autres tâches ménagères. Il affirmait invariablement : « Selma doit étudier. » Il voulait que je sois une scientifique, mais la guerre a mis fin à mes études.

En plus d'avoir des idées novatrices, papa était aussi très organisé. Lorsqu'il ne travaillait pas, il se chargeait de faire les courses et notait la date d'achat sur tous les produits, ce que je fais encore aujourd'hui. Nous nous ressemblons beaucoup, et l'influence qu'il exerce sur moi me réconforte. Cela me donne l'impression qu'il est resté près de moi tout au long de ma vie.

Autrefois, cependant, j'avais honte de lui quand j'invitais des amis à la maison. Même si papa n'était pas toujours complètement ivre, il était tout sauf sobre. Je me rendais souvent chez mon amie Mary Rudolphus, car elle habitait près de l'école. Tous les enfants rentraient déjeuner à la maison, et la mère de Mary m'invitait chez eux pour m'éviter un trajet à pied d'une heure aller-retour. Contrairement à Mary, j'étais très bonne en mathématiques, je l'aidais donc à faire ses devoirs. Je voulais inviter Mary en retour, mais lorsqu'elle est venue, mon père est rentré éméché à la maison. J'ai eu si honte que j'aurais voulu disparaître sous terre.

Ma mère aussi avait beaucoup de mal à supporter l'alcoolisme de mon père. Quelques années avant la guerre, elle en a eu assez et elle est partie. Elle s'est installée chez Jo Nijland, une amie qui habitait dans le quartier avec son mari. Mon père les appelait des « puces d'artistes » ; ils n'étaient pas artistes eux-mêmes, mais ils adoraient leur compagnie. Papa n'aimait pas ce genre de personnes et je suppose qu'il était fâché que Mams ait choisi de se rendre précisément chez eux. Elle est revenue le lendemain et n'est plus jamais repartie, mais elle avait montré qu'elle en avait plus qu'assez. Elle ne prenait pour ainsi dire jamais de décision, c'était donc un acte exceptionnel. Elle ne devait plus savoir quoi faire. Je pardonnais beaucoup de choses à mon père parce que je l'aimais infiniment. Et lui, il aimait infiniment ma mère. Lorsqu'il rentrait ivre à la maison, il lui arrivait de dire : « Les autres femmes ne m'intéressent pas, je n'aime que toi, Fem ! »

Ma mère était affectueuse et tendre ; ses sœurs l'appelaient « Fem la Douce », et c'était effectivement la femme la plus gentille du monde. Elle était très séduisante, petite, les cheveux et les yeux sombres, la peau pâle, et elle avait beaucoup d'allure quand elle était jeune. Lorsque nous rentrions de l'école, elle était toujours à la maison et nous servait du lait et des biscuits. Elle cousait nos vêtements ou retouchait ceux que nous recevions. Lorsque nous avions de l'argent, elle nous emmenait faire les boutiques pour nous acheter de nouvelles tenues. J'adorais ces sorties.

Clara est née quelques mois avant mon sixième anniversaire. C'était un magnifique bébé et une gentille fille, dotée de la même douceur de caractère que ma mère. Elle et mon frère David ressemblaient à Mams, alors que Louis et moi étions le portrait de mon père. Quand nous étions petites, je jouais à la maîtresse avec Clara. Je bricolais des bancs en carton derrière lesquels j'installais des filles en carton. J'étais l'institutrice, et Clara était l'une de mes élèves. J'étais son aînée de six ans et j'ai l'impression qu'elle me considérait comme une adulte.

Comme nous étions très proches et les deux benjamines de la famille, nous avons toujours partagé la même chambre à coucher. Le matin, nous allions en classe ensemble, je la déposais et je revenais la chercher l'après-midi. Plus tard, Clara s'est désintéressée de l'école et a préféré s'occuper de la maison. Elle a opté pour l'école ménagère en 1941, lorsque les Juifs ont été cantonnés aux établissements juifs. Cela lui convenait ; elle apprenait à s'occuper de la maison et à coudre. Elle adorait aussi nager, elle a obtenu son premier brevet de natation alors qu'elle n'avait que 3 ans.

Je m'entendais bien également avec mes frères. Comme tous les grands frères, ils prenaient naturellement plaisir à m'embêter. Mais David a beaucoup veillé sur moi dans ma petite enfance. Quand j'ai été plus âgée, Louis m'emmenait au cinéma. En ce temps-là, les filles bien élevées n'étaient autorisées à voir que des films du genre « Mickey », les films pour les grands m'étaient strictement interdits, mais un jour, Louis m'a emmenée voir *King Kong*. Papa était furieux ; après cela, je n'ai plus eu le droit d'aller au cinéma.

C'était ça, ma famille : un père loin d'être parfait, mais aimant ; une gentille mère ; deux frères ; et une petite sœur merveilleuse et innocente. J'ai passé une enfance heureuse en leur compagnie. Trois d'entre eux ont été déportés et sauvagement assassinés.

Citoyens de seconde zone
L'Occupation

À partir de 1936, des immigrés venus d'Allemagne ont commencé à s'installer aux Pays-Bas. Ce qu'ils disaient du national-socialisme et du sort réservé aux adversaires du nazisme était alarmant, mais nous n'y avons d'abord pas prêté grande attention. David s'est même rendu en Autriche en 1938, peu après l'occupation et l'annexion du pays par l'Allemagne nazie. Rétrospectivement, l'action peut sembler provocatrice de la part d'un jeune homme juif, mais tout le monde était persuadé que si la guerre éclatait, les Pays-Bas resteraient neutres comme lors du premier conflit mondial. On payait des Néerlandais pour épouser des jeunes filles juives étrangères, en partant du principe qu'elles acquerraient ainsi la nationalité néerlandaise et seraient donc en sécurité. David avait 24 ans et, dans sa juvénile spontanéité, trouvait l'équipée exaltante. Il s'est rendu en Autriche en compagnie d'un ami juif qui allait également y épouser une jeune fille ; l'aventure leur semblait belle. Le père de la promise de David possédait une grande usine, il était riche. Mon frère et son ami ont tous deux touché 200 florins, ce qui représentait alors une grosse somme. Comme David n'avait pas encore 30 ans, il lui fallait une autorisation paternelle pour se marier. Papa désapprouvait l'entreprise, mais comme David ne vivait plus à la maison, il a dû se dire qu'il était en âge de faire ses propres choix et lui a accordé son consentement. Nous n'avons jamais rencontré la première épouse de mon frère. Cette union n'était qu'un arrangement, la jeune fille n'est jamais venue aux Pays-Bas. Après le retour de David, papa a refusé de parler du mariage, l'événement – qui nous semblait mineur – s'est donc vite estompé de nos mémoires. Il nous a cependant prouvé combien les Juifs se sentaient menacés par les nazis dans d'autres pays.

En ce temps-là, j'étais une jeune Néerlandaise typique. Je fréquentais le lycée[1], où j'apprenais l'anglais, le français et l'allemand. Je désirais m'améliorer dans ces langues, mais j'ignorais à peu près tout de la situation politique de ces pays. À cette époque, on voyageait encore peu et, comme le budget de mes parents était limité, nous passions toujours nos vacances aux Pays-Bas. Je ne m'étais jamais

---

1. Le Mulo (Meer Uitgebreid Lager Onderwijs).

déplacée à l'étranger, mais durant l'été 1939 j'ai eu l'occasion de me rendre en Angleterre dans le cadre d'un voyage scolaire. Une sacrée aubaine pour une jeune fille de 17 ans ! Sans compter que ce fut l'occasion d'enrichir ma garde-robe. Ma mère m'a tricoté un nouveau cardigan bleu à fermeture Éclair – à l'époque, c'était du dernier chic ! Plus tard, dans le camp de concentration de Ravensbrück, je lui serai reconnaissante pour ce vêtement : il y faisait terriblement froid et nous ne possédions que des robes légères. Lorsque je portais mon cardigan dans ce lieu d'horreur, j'étais émue en imaginant Mams le tricoter pour que je sois élégante durant mon premier voyage à l'étranger.

Au moment du départ pour l'Angleterre, tout le monde pensait que la guerre était imminente. Le père d'une de mes camarades de classe lui avait confié une grosse somme d'argent, au cas où elle resterait bloquée en Angleterre si le conflit éclatait. Je me souviens qu'elle m'avait demandé quoi en faire. Je lui ai conseillé de laisser l'argent dans sa famille d'accueil plutôt que de l'emporter avec elle durant nos promenades à Londres. Pourtant, nous n'étions pas inquiètes à l'idée qu'il y ait la guerre ou que nous ne puissions plus rentrer à la maison ; je projetais même de faire un voyage scolaire en France l'année d'après !

Rétrospectivement, on pourrait penser que les Néerlandais étaient naïfs ; en effet, même la déclaration de guerre de la Grande-Bretagne à l'Allemagne ne nous avait pas inquiétés. Après la mobilisation, nous nous sommes bien sûr interrogés sur le sort des populations polonaises, allemandes et yougoslaves, mais uniquement sur un plan théorique – celui de la politique internationale –, nous n'imaginions pas un instant que cette déclaration de guerre puisse avoir une incidence sur nos vies. Tout le monde partait du principe que les Pays-Bas resteraient neutres, comme lors de la Première Guerre mondiale. Pourtant, le 10 mai 1940, le mode d'existence que nous tenions pour acquis a connu une fin abrupte. Les Allemands ont envahi les Pays-Bas et nous ont imposé des mesures tellement atroces que j'ai du mal à croire à la réalité de ce qui s'est passé, même si je l'ai vécu.

Les jeunes hommes faisaient alors leur service militaire à 18 ans et devenaient ensuite réservistes. À partir de 20 ans, ils suivaient régulièrement plusieurs semaines d'entraînement. Après son service militaire, David a travaillé dans la boutique de mode d'oncle Arie et il a toujours pris part aux entraînements obligatoires. En 1939, il a été mobilisé lorsque l'Angleterre a déclaré la guerre à l'Allemagne. Il avait alors 25 ans. Plus tard, une fois en Grande-Bretagne, David a été incorporé dans le service médical de la brigade Princesse Irène.

Louis n'était pas réserviste. Il avait toujours voulu être marin et avait fait l'École navale, pourtant il n'a pas été incorporé dans la Marine royale. On trouvait que son torse était trop étroit et qu'il était trop petit pour être soldat. Il s'est donc lancé dans le théâtre, comme mon père. Il est devenu acteur et chanteur, et il a joué dans un certain nombre de films dont *Bleeke Bet* (1934) et *De Jantjes* (1936) qui ont été tournés dans les studios Cinetone d'Amsterdam, le « Hollywood néerlandais ». Contrairement à papa, il n'avait jamais eu de vocation artistique et rêvait encore d'être marin. Quelques mois avant le début de la guerre, il a rencontré un ami de l'École navale qui travaillait dans la marine marchande et qui lui a appris que la Hollandsche Stoomboot Maatschappij, la Compagnie des steamers hollandais, recrutait. Louis était ravi, il a postulé immédiatement ; il a été embauché, puis il a suivi une formation de quelques mois. Ensuite, il a été ingénieur sur un bateau. Lui aussi se trouvait donc mobilisé, mais il ne s'attendait pas à prendre part activement à la guerre.

Le 10 mai 1940, vers 4 heures du matin, Louis nous a tous réveillés. J'étais plongée dans un sommeil profond.

Louis hurlait en me secouant l'épaule : « Réveille-toi ! Debout ! » J'étais furieuse !

Je lui ai répondu : « Fiche-moi la paix ! Laisse-moi dormir ! », en lui tournant le dos et en maugréant contre ce butor de frère, mais il continuait à me secouer. Lorsque j'ai entendu toute la famille se lever, j'ai su qu'il se passait quelque chose de grave. Je suis sortie à contrecœur de mon lit douillet.

Louis nous a annoncé « C'est la guerre ! Nous sommes en guerre ! »

Nous le fixions, choqués, en secouant la tête. Nous avions du mal à le croire. Nos derniers doutes se sont envolés lorsque nous avons allumé la radio et entendu que les forces armées allemandes avaient franchi la frontière et que de violents combats étaient en cours. L'Allemagne avait envahi les Pays-Bas, la Belgique et le Luxembourg sans leur déclarer la guerre. Ils voulaient nous surprendre et ils y sont parvenus.

Tout le quartier était réveillé à présent, la nouvelle se répandait comme une traînée de poudre. Je me suis rendu compte du sérieux de la situation quand oncle Levi – le mari de Jaan, la sœur de ma mère – est venu nous voir. Mon père ne lui avait pas adressé la parole depuis des années, car il avait omis de nous inviter au mariage de leur fille Zetty. S'ils mettaient ce conflit de côté et discutaient comme s'il n'avait jamais eu lieu, c'est que l'instant était grave.

Ce matin-là, mon frère devait être à son poste sur le bateau pour 6 heures. La situation était confuse et mon père se faisait du souci pour la sécurité de Louis, il a donc décidé de l'accompagner au port. Nous nous sommes joints à eux, oncle Levi, Clara et moi. Les transports publics ne fonctionnaient pas, et nous avons marché environ une heure avant d'arriver au port d'Amsterdam, sur les rives de l'IJ. Notre quartier du Pijp, situé dans le sud d'Amsterdam, était en pleine effervescence, mais les rues du reste de la ville reposaient dans la sérénité habituelle à cette heure matinale. La plupart des gens dormaient encore et ignoraient ce qui se passait.

Quatre jours plus tard, les Pays-Bas ont déposé les armes. À la maison, nous étions beaucoup plus inquiets pour Louis et David que pour nous. Nous ne cessions de nous interroger sur leur sort ; leur situation nous semblait bien plus précaire que la nôtre. Et s'ils étaient prisonniers des Allemands ? L'atmosphère à la maison était épouvantable ; nous fermions à peine l'œil. Un jour, Mams s'est évanouie dans la cuisine, ce qui ne lui était jamais arrivé.

Le baccalauréat avait lieu fin mai, mais je m'inquiétais tant pour mes frères que je n'arrivais pas à me concentrer sur mes révisions, ce qui n'a rien d'étonnant. J'étais terriblement nerveuse durant les épreuves, j'avais un mal fou à rester assise sur ma chaise. J'ai raté l'examen. J'ai à peine eu la moyenne en mathématiques alors que c'était ma matière préférée, dans laquelle j'excellais et j'obtenais toujours de bonnes notes en temps normal. Papa m'a conseillé de passer l'examen d'État[2] afin d'avoir tout de même le diplôme. C'était possible heureusement, et je l'ai réussi. J'ai été encouragée à me lancer dans le théâtre comme mon père, mais on ne m'aurait pas fait monter sur scène pour tout l'or du monde. J'ai dit à Mams : « Je veux un emploi régulier, assorti d'un revenu régulier. »

J'aurais adoré travailler dans le luxueux grand magasin De Bijenkorf.

*

Nous n'avons pas perçu immédiatement les effets de l'Occupation. Pendant un temps, la vie a continué plus ou moins comme auparavant, même pour les Juifs. Amsterdam a toujours été une ville relativement tolérante, et ma confession n'a jamais eu d'influence sur ma vie. Mes amis n'étaient pas juifs ; les petites amies de mes frères n'étaient pas juives. Je ne trouvais pas que cette facette de ma vie méritait une attention spéciale. Les différences religieuses n'intéressaient personne autour de moi. Il importait peu que je sois juive lorsque je fêtais Noël avec mon amie Mary Rudolphus, dont le père était pourtant un chrétien pratiquant.

---

2. Un équivalent du baccalauréat, organisé pour les personnes inscrites en candidats libres.

Il était extrêmement respectueux des fêtes de la Nativité. Ces jours-là, nos lectures ou nos chansons devaient avoir trait à la religion, et il nous était interdit de jouer. J'étais pourtant la bienvenue dans leur maison et je m'y rendais avec plaisir malgré ces restrictions. Nous étions deux filles qui aimions passer du temps ensemble, c'était tout ce qui comptait.

Ma famille n'était pas pratiquante. Certaines filles juives n'allaient pas à l'école le samedi à cause du shabbat, mais pour moi il s'agissait d'un jour de classe comme un autre. Beaucoup de gens, dont mes professeurs, ignoraient donc ma confession. Un jour, une enseignante a demandé qui pouvait apporter les devoirs à une camarade de classe absente à cause d'une fête juive, et je me suis proposée. Pour me remercier, la mère de cette fille m'a offert du chocolat en me disant : « C'est du chocolat spécial. Il est kasher, c'est juif. Tu sais ce que ça signifie ? » Elle ignorait totalement que moi aussi j'étais juive. Cela paraissait futile à ce moment-là, mais ne pas ressembler à une Juive m'a sauvé la vie plus tard.

Bien que non pratiquante, ma famille se considérait comme juive. Mes frères ont appris l'hébreu et ont célébré leur bar-mitsva, et Clara a également appris l'hébreu. Elle possédait une torah dédicacée par ses professeurs, qui l'invitaient chez eux pour les fêtes juives, comme nous ne les célébrions pas à la maison. Lorsque les Allemands ont occupé les Pays-Bas, en mai 1940, même moi qui n'avais ni appris l'hébreu ni fréquenté une synagogue depuis l'âge de 6 ans, j'ai compris que notre judéité affecterait désormais nos vies. Louis s'était beaucoup déplacé pour ses spectacles, il m'avait rapporté de l'un de ses voyages un collier assorti d'un pendentif en argent en forme d'étoile de David. Je ne l'avais jamais porté, mais je l'ai mis pendant l'Occupation, dissimulé sous mes vêtements. Pour affirmer mon identité juive et par solidarité avec mes coreligionnaires. Tandis que je me changeais dans le vestiaire du gymnase, ma professeure de sport m'a demandé « Tu es juive ? » d'un air étonné.

Elle n'en avait jamais eu connaissance.

Petit à petit, les rumeurs se précisaient sur le sort des Juifs en Allemagne et dans les autres pays occupés ; l'absence de nouvelles de mes frères nous terrifiait. Plus tard, nous avons appris que le navire de Louis avait mouillé cinq jours à IJmuiden après la capitulation. Le bateau avait ensuite navigué dans le monde entier pour transporter du matériel de guerre. Il a eu la chance de ne jamais s'être fait torpiller. Preuve que Louis était toujours vivant, la Compagnie des steamers hollandais nous a fait, par la suite, un versement hebdomadaire d'une somme retenue sur son salaire. Un employé de la société venait nous apporter l'argent toutes les semaines – et c'était chaque fois bon signe.

Lorsque la guerre a éclaté, nous savions que David et sa brigade étaient stationnés à Middelbourg. Ils ont combattu âprement et ont réussi à enrayer l'avancée allemande pendant quatre jours. Au moment de la capitulation néerlandaise, la brigade de David a reçu ordre de battre en retraite en Belgique. Ce pays a également capitulé peu après. La brigade a alors été envoyée en France, et pour finir en Angleterre. Ils ont d'abord séjourné dans le regroupement militaire néerlandais de Wolverhampton, puis David a eu ordre de se rendre à Londres en tant qu'employé administratif du département médical. Un officier de ses amis, qui était également du voyage, s'est retrouvé à la tête du département. David n'avait pas eu de promotion, car il s'était assoupi alors qu'il était de garde durant la formation militaire. Il restait donc sergent. Il a cependant été nommé chef du secrétariat. Il ne courait pas grand danger, mais nous l'ignorions à ce moment-là. Il ne nous a donné signe de vie qu'en 1942, en envoyant une lettre à papa par la Croix-Rouge. Lors de son stationnement à Wolverhampton, David avait fait la connaissance de Sadie, une jeune fille avec laquelle il voulait absolument se marier. Il demandait donc à papa de lui faire parvenir les documents lui permettant de divorcer de l'Autrichienne qu'il avait épousée avant la guerre. Nous avions tant d'ennuis que les affaires de David étaient le cadet de nos soucis. Je trouvais que ce n'était pas le moment d'embêter papa avec des histoires de mariage et de divorce. Sans compter qu'il nous était impossible de réunir ces papiers, puisque nous n'avions aucune idée d'où se trouvait sa première épouse. Après la guerre, j'ai appris qu'elle avait été déportée à Theresienstadt et qu'elle avait survécu au camp de concentration. David ne l'a jamais revue. Il a cependant réussi à divorcer dans l'après-guerre. La demande de David ne nous avait pas enchantés, mais elle nous apprenait du moins qu'il était en sécurité.

Durant la première année du conflit, deux choses m'ont préoccupée : le sort de mes frères et la difficulté de trouver un travail. Comme j'étais juive, mon champ d'action a commencé à se limiter dès que j'ai passé mes examens et quitté le lycée. Les obstacles rencontrés me rendaient consciente de cet aspect de mon identité. Même si mes parents avaient pu me payer des études, je n'aurais pas pu m'inscrire à l'université, car elle était interdite aux Juifs. J'avais réussi l'examen d'État, mais les postes de la fonction publique m'étaient interdits également. À la fin de l'année 1940, tous les fonctionnaires juifs ont été licenciés : les professeurs d'université, les enseignants, les médecins, les avocats n'étaient plus autorisés qu'à travailler dans des établissements et des cliniques juives. Juifs et non-Juifs n'avaient plus le droit de se rendre visite. Papa disait : « La seule qui viendra encore nous voir, c'est Greet. »

Il avait raison. Greet n'a jamais cessé de venir chez nous.

Citoyens de seconde zone : l'Occupation

*

Entre-temps, j'avais suivi des cours complémentaires de sténographie et de dactylographie, et j'espérais trouver un emploi de secrétaire grâce à mes bonnes notes à l'examen d'État. J'aurais aimé travailler dans le grand magasin De Bijenkorf, mais les propriétaires juifs et le personnel juif en avaient été chassés avant que je ne pense à postuler. Une seule entreprise – située à cinq minutes de notre maison – a accepté de m'employer, mais quand papa s'est rendu compte après mon premier jour de travail qu'on me demandait de fixer des filtres aux cigarettes, il s'est exclamé que sa fille n'occuperait pas un emploi non qualifié ! J'ai donc été obligée de démissionner.

Papa a réussi à me trouver un emploi chez Mittwoch, un réfugié allemand qui possédait une maison de couture. Ce fut donc mon premier emploi. Je travaillais au bureau, j'assistais le comptable, mais j'étais aussi mannequin lorsque nous passions dans les boutiques de mode pour présenter nos vêtements. J'avais la chance d'avoir une belle silhouette. Nous étions certes cantonnés aux magasins juifs, mais les boutiques juives étaient nombreuses, et Mittwoch n'avait pas de difficultés à écouler ses créations. Le travail aurait pu être agréable, surtout parce que la mode m'intéressait, comme beaucoup de jeunes femmes, mais Mittwoch n'était pas un homme facile. Il exigeait que je respecte strictement les horaires et refusait de tenir compte de ma situation. Les transports publics étaient désormais interdits aux Juifs, et je mettais quasiment une heure pour me rendre à pied de notre quartier du Pijp jusqu'à sa belle demeure qui donnait sur le canal du Keizersgracht. Il se fâchait pour quelques minutes de retard, mais il lui semblait normal que je reste au bureau après 19 heures, alors que je travaillais officiellement de 8 h 30 à 17 h 30. Il avait l'habitude de manger une pomme tous les soirs vers 18 heures et m'en proposait une également, mais à part cela mon bien-être lui était totalement indifférent. J'en ai eu vite assez et j'ai décidé de chercher un autre emploi. Mittwoch recevait toutes les semaines *Het Joodsche Weekblad*[3], qui paraissait encore à ce moment-là. Toutes les ordonnances allemandes qui concernaient les Juifs étaient publiées dans ce journal du Conseil juif. Les familles juives l'achetaient donc pour se tenir au courant. Un jour que je le feuilletais, mon attention a été attirée par une annonce : on recrutait une secrétaire dans une papeterie située non loin de notre maison. Ce soir-là, alors qu'il était plus de 19 heures, Mittwoch a essayé une fois de plus de m'amadouer à l'aide d'une pomme, mais cette fois-ci je la lui ai lancée à la tête en lui annonçant ma démission. Je me suis présentée à la papeterie le lendemain et j'ai été engagée. Comme je l'ai déjà mentionné, je peux me montrer très volontaire.

---

3. « L'Hebdomadaire juif. »

Citoyens de seconde zone : l'Occupation

C'est une chance que j'aie eu le courage de démissionner. Plus tard, il s'est avéré que changer d'employeur m'a sauvé la vie.

La papeterie appartenait aux De Jong, une famille juive. Elle était composée d'un mari néerlandais, de son épouse – une réfugiée allemande –, et de sa fillette de 10 ans, issue d'un premier mariage. Je les trouvais très gentils et nous sommes devenus bons amis. Ils livraient des papiers de toutes sortes à des bureaux et à des imprimeries, et travaillaient à domicile, leur chambre d'ami faisant office de bureau. J'étais leur secrétaire, mais ils me demandaient également de donner un coup de main pour le ménage. En effet, les familles juives n'avaient plus le droit d'employer des domestiques, et Mme De Jong était très occupée par son emploi. J'étais d'accord, nous avons travaillé côte à côte et dans la bonne humeur. J'ignorais bien sûr que les De Jong ne survivraient pas à la guerre. J'ai rencontré la cousine de Mme De Jong après la Libération, et elle m'a raconté qu'ils avaient été assassinés.

Comme la plupart des Juifs néerlandais, les événements à venir allaient me prendre totalement de court. Malgré les restrictions et les rumeurs, nous n'avions toujours pas compris que les nazis voulaient exterminer tous les Juifs. Les mesures pour nous isoler du reste de la société ont commencé à se multiplier. La grève de février 1941 a été déclarée pour protester contre ces décrets antisémites ; elle était organisée principalement par les communistes et les sociaux-démocrates. Les journaux illégaux tels *De Waarheid*[4] et *De Vonk*[5] – que je distribuerais plus tard – avaient appelé la population à se soulever contre la persécution des Juifs. Les employés du tramway, les cheminots et les dockers ont répondu à l'appel. D'autres ouvriers ont suivi. Mais la grève a été vite réprimée, et les Allemands ont arrêté de nombreux participants. Ils ont fusillé des hommes et incarcéré un grand nombre de personnes. Plus tard, à Ravensbrück, j'ai appris que certaines de mes amies avaient pris part à ce mouvement.

Cette grève, même si elle a été matée, a été un puissant exemple d'opposition à l'occupant. Les actes de résistance étaient suivis de terribles rétorsions. En représailles à la liquidation d'un Allemand, deux cents jeunes hommes juifs ont été arrêtés au petit matin à leur domicile et envoyés en Autriche dans le camp de concentration de Mauthausen, l'un des camps de travail les plus anciens, les plus grands et les plus durs, érigé pour réprimer les pires ennemis politiques des nazis. Ces deux cents jeunes gens ont soi-disant été mis au travail, mais quinze jours plus tard on a annoncé à leurs familles qu'ils avaient succombé aux conditions météorologiques. Après la guerre, nous avons appris qu'ils avaient été forcés de

---

4. « La Vérité. »
5. « L'Étincelle. »

Citoyens de seconde zone : l'Occupation

rester nus dans la neige. Ceux qui n'étaient pas morts de froid avaient été abattus alors qu'ils tentaient de fuir. Les nazis ont perpétré bien d'autres atrocités. Un marchand de glace du quartier avait refusé de servir un soldat allemand, lequel est revenu avec un officier qui l'a forcé à sortir de son magasin, l'a collé contre un mur et l'a abattu.

Le 13 février 1941, les autorités allemandes ont mis en place le Conseil juif. Les nazis ont engagé les membres de ce Conseil pour entretenir le contact avec la communauté juive et lui communiquer les mesures antisémites. Les présidents du Conseil juif, Abraham Asscher et David Cohen, ont coopéré pour éviter une aggravation de la situation, pourtant les restrictions imposées aux Juifs n'ont fait qu'empirer. Après la guerre, Asscher et Cohen ont été violemment critiqués et accusés d'avoir aidé les Allemands. Le gouvernement néerlandais a mené une enquête sur leurs prétendus actes de collaboration ; en 1947, il leur a été interdit à vie d'exercer une activité dans une organisation juive aux Pays-Bas. S'ils n'ont pas été envoyés dans un camp d'extermination comme la grande majorité des Juifs, ils ont eux aussi été arrêtés et déportés en septembre 1943 : Asscher à Bergen-Belsen et Cohen à Theresienstadt, où les prisonniers avaient de meilleures chances de survie. Leur condamnation a été annulée en 1950, après des protestations. On a reconnu qu'ils pensaient sincèrement, comme tant d'autres, que les Juifs étaient envoyés dans des camps de travail en Europe de l'Est et non dans de barbares camps de torture et de mort.

*

En janvier 1941, tous les Juifs – c'est-à-dire toutes les personnes dont les quatre grands-parents étaient juifs – ont reçu l'ordre de se faire recenser auprès des autorités néerlandaises. En février, les Allemands ont entouré le quartier juif de fil de fer barbelé afin d'en contrôler l'approvisionnement en vivres. À partir du mois d'avril, il nous a été interdit d'utiliser les transports en commun, et de nous rendre dans les théâtres, les cinémas, les hôtels, les restaurants et les piscines. Tous les divertissements nous ont été défendus, et les activités hors de la maison se sont réduites comme peau de chagrin. Je n'assistais plus qu'à un cours de danse de salon hebdomadaire dans une école tenue par des Juifs. Ensuite, un nouveau décret nous a ordonné de nous défaire de nos radios sous quinze jours. Ce fut un coup terrible. On nous isolait du monde extérieur en nous enlevant un contact d'une valeur inestimable. Le fils de nos voisins du dessus a orienté son antenne pour que nous puissions capter sur notre petite radio la chaîne publique et Radio Oranje de la BBC – la station de la résistance néerlandaise à Londres. Mais nous avons arrêté de l'écouter lorsque cela nous a semblé trop risqué.

Citoyens de seconde zone : l'Occupation

Entre le 8 et le 11 août 1941, nous avons été obligés d'ouvrir un compte à la banque Lippmann-Rosenthal et d'y déposer nos chèques, notre argent comptant et nos capitaux. Cette banque, appelée familièrement la Liro, était une institution renommée dont les propriétaires étaient juifs. Cependant, les Allemands s'en étaient emparés pour s'arroger les biens des Juifs. Actions, polices d'assurance, actes de propriété, tout devait être confié à la banque. Les nazis ont été malins, ils ont continué d'utiliser le papier à lettres de Lippmann-Rosenthal – qui n'était plus une vraie banque à ce moment-là – pour les communications et les reçus ; la plupart des gens pensaient que l'ancienne banque était toujours en activité et qu'ils finiraient par récupérer leur argent.

L'année suivante, en mai 1942, il a fallu y déposer non seulement nos documents de valeur, mais aussi nos possessions matérielles ; l'un des bureaux de la banque a été transformé en dépôt pour y stocker nos biens. Nous étions tenus de livrer nos œuvres d'art, nos bijoux et nos meubles, ainsi que des objets d'usage courant comme l'équipement ménager et les bicyclettes : tout ce qui avait de la valeur aux yeux des nazis. Rien n'était trop petit : même les cuillères à thé ont été saisies. Cette spoliation était si bien organisée qu'une filiale de la banque Liro a été mise en place dans le camp de transit de Westerbork. Lorsque les Juifs y arrivaient, ils devaient se défaire de leurs possessions pour les « entreposer » à la banque avant d'être envoyés dans les camps d'extermination en Pologne.

La ségrégation des Juifs a été renforcée méthodiquement. Clara a dû quitter son école pour s'inscrire dans un établissement juif. Le 23 janvier 1942, les pièces d'identité des Juifs ont été estampillées d'un grand J pour les distinguer de celles du reste de la population. Le 3 mai, tous les Juifs de plus de 6 ans ont eu ordre de porter une étoile de David jaune sur laquelle était marqué « Juif ». L'étoile devait être cousue sur les vêtements au niveau de la poitrine, pour que l'on puisse nous repérer facilement. Ce fut un jour terrible – nous nous sommes rendu compte alors combien nous étions stigmatisés. J'avais l'impression d'être marquée au fer rouge, d'être obligée de déclarer que j'étais « différente » de mes compatriotes néerlandais. C'était comme si nous étions atteints d'une terrible maladie et que les autres, par mesure de sécurité, dussent voir une marque leur permettant de garder les distances. Bien entendu, toute notre famille portait l'étoile, puisqu'un décret nous l'ordonnait sous peine d'être arrêtés et abattus. Je détestais cette chose. Je tenais mon sac à hauteur de poitrine, pour cacher l'étoile. Je trouvais que chaque acte de résistance avait son importance, aussi minime soit-il. En juin, le couvre-feu a été proclamé, et les Juifs n'ont plus eu le droit de sortir entre 8 heures du soir et 6 heures du matin.

Ensuite, tout est allé de mal en pis. Le 14 juillet 1942, sept cents Juifs se sont fait rafler à Amsterdam. Le 15 juillet a signé le début de la déportation des Juifs vers le camp de Westerbork aux Pays-Bas et d'Auschwitz en Pologne occupée. Les Allemands ont commencé à rafler des jeunes gens dans la rue. Ils les faisaient transiter par la gare centrale d'Amsterdam et le camp de concentration de Westerbork avant de les déporter dans des wagons à bestiaux en Europe de l'Est, où ils étaient prétendument mis au travail. Aujourd'hui, nous connaissons l'horrible vérité, mais nous l'ignorions au moment des faits, nous étions terriblement naïfs. Les premiers groupes sont même allés à la mort en chantant, guitares et violons à la main. Beaucoup de déportés ont été assassinés dès leur arrivée dans le camp de concentration, mais certains ont d'abord été forcés de travailler avant de mourir de faim ou sous les coups. Je me souviens encore d'oncle Levi demandant à mon père : « Barend, à ton avis, qu'est-ce qu'ils font des Juifs en Pologne ? »

« Probablement du hachis ou des conserves », lui avait répondu mon père.

Cela m'avait choquée. Avant, il affirmait toujours : « Ils les font certainement travailler. Les Allemands sont trop intelligents pour ne pas exploiter les Juifs au maximum. Les éliminer tout de suite serait idiot. »

La vie suivait son cours, malgré ces événements qui nous accablaient toujours davantage. J'avais une amie, Clara Cardozo, que je rencontrais presque tous les jours. Nous bavardions et passions agréablement le temps ensemble. Nos familles étaient proches, papa jouait aux cartes avec son père et ses frères. Les Cardozo faisaient partie de ma famille du côté maternel et venaient de la ville de Ruremonde, mais ils avaient été obligés de déménager à Amsterdam après avoir été dépouillés de leur magasin de mode ; à présent ils habitaient dans un immense et splendide appartement sur la Zuider Amstellaan (qui s'appelle à présent Rooseveltlaan). Je voyais Clara tous les jours, et nous suivions également toutes les semaines le même cours de danse de salon dans l'école juive.

J'y rencontrais également mon cousin Loutje, qui m'était très cher. C'était devenu un charmant jeune homme : grand, beau et mince. Depuis le début de l'année 1942, il habitait de nouveau chez son père et sa belle-mère, oncle Jacques et tante Tini. Il avait suivi une formation de tailleur lors de son séjour à l'orphelinat de Leyde et s'était spécialisé dans la confection de chemises sur mesure. Lorsqu'il est revenu vivre à la maison, il a partagé son savoir-faire avec son père, et ils ont créé ensemble une entreprise florissante. Loutje était mon aîné d'une ou deux années, et nous nous fréquentions beaucoup. Nous dansions souvent ensemble pendant le cours. À présent, j'ai du mal à comprendre comment nous pouvions vaquer à nos occupations au milieu de tous ces événements tragiques, mais nous étions pleins d'énergie et nous ne pouvions pas rester à nous morfondre en attendant le pire. Nous étions jeunes et innocents ; la gravité de la situation des Juifs d'Europe nous échappait. La réalité s'est peu à peu imposée à nous. Au début de 1942, Loutje a été convoqué, comme tant d'autres jeunes gens, pour partir travailler en Europe de l'Est. Il est venu chez nous, et sa conversation avec mon père restera à jamais gravée dans ma mémoire. Il a demandé à papa s'il savait où il pourrait se procurer une solide paire de bottes ou de chaussures. Acheter de bonnes chaussures dans un magasin n'était facile pour personne, mais pour les Juifs c'était quasiment impossible. Nous pensions encore que les appelés partaient pour travailler, et Loutje voulait être bien préparé. Plus tard, j'ai appris qu'il avait été déporté vers un camp d'extermination et qu'il avait été assassiné dès son arrivée.

Je quitte la maison
Ma famille
dans la clandestinité

La convocation de Loutje nous a ouvert les yeux : bientôt ce serait notre tour de partir pour un camp de travail. Papa nous a fait vacciner, Clara et moi, contre des maladies mortelles telles la peste et la diphtérie. J'ignore pourquoi Mams et lui ne se sont pas fait vacciner ; ils semblaient prendre notre santé plus au sérieux que la leur.

J'ai eu 20 ans le 7 juin 1942. Ce jour qui aurait dû être joyeux a été marqué d'une pierre noire : j'ai reçu la convocation tant redoutée qui me sommait de me présenter à la gare centrale d'Amsterdam afin d'être transférée dans un camp de travail en Europe de l'Est. Nous ignorions le sort des personnes envoyées dans les camps, mais je ne voulais absolument pas partir seule et abandonner ma famille.

J'étais encore une enfant. Pour gagner un peu de temps, mon père m'a fait manger du chocolat laxatif, ce qui m'a causé une terrible diarrhée. Papa a fait venir le médecin, qui m'a donné une attestation disant que j'avais du sang dans les selles. Grâce à cela, j'ai obtenu une « suspension pour maladie ». Ce papier m'évitait la déportation vers un camp de travail, mais il n'était valable que quelques jours ; j'avais besoin d'un motif plus durable. Travailler dans certains domaines, comme celui de la santé, permettait d'être exempté. J'ai décidé de faire semblant d'être infirmière. Dientje Jesse, une très bonne amie non juive de ma cousine Zetty, avait été infirmière avant son mariage ; je lui ai donc emprunté un uniforme que j'ai revêtu pour me rendre au département des exemptions, situé à Amsterdam-Sud. On avait installé devant le bâtiment une table à tréteaux derrière laquelle se tenaient une femme et un SS. La file était immense. L'attente interminable me rendait de plus en plus nerveuse. Je craignais les questions qu'on me poserait, mais lorsque ce fut mon tour, la femme s'est contentée de m'informer qu'il était interdit de passer d'une « suspension pour maladie » à une exemption pour raison sociale. Je devais me présenter le lendemain pour être transférée en Europe de l'Est.

J'étais très déprimée, car j'espérais beaucoup de mon plan. Je me suis rendue immédiatement chez M. et Mme De Jong afin de les prévenir que je ne pourrai plus travailler pour eux. Arrivée à leur maison, je les ai vus en grande conversation dans le jardin avec leur voisin, un immigré juif allemand qui dirigeait un atelier de fourrure avec son frère. Il était contraint de fabriquer des vêtements pour les soldats allemands combattant sur le front russe. Après m'avoir écoutée, il m'a demandé, à ma grande surprise : « Tu voudrais travailler pour moi ? »

Cet emploi m'éviterait d'aller en Pologne, puisqu'il était essentiel pour l'économie de guerre. Ce revirement soudain tenait du miracle. Quelle chance d'avoir pris le risque de quitter mon emploi chez Mittwoch et de postuler chez les De Jong ! Au cours de la guerre, ce ne serait pas la dernière fois que le hasard me sauverait la vie. Je suis rentrée très soulagée à la maison, et ce soir-là nous avons eu une bonne raison de fêter mon anniversaire. Le lendemain, j'étais pleine d'allégresse en me rendant à l'atelier. Je me suis mise à apprendre le métier : je fabriquais des moufles et divers articles en fourrure.

Cependant, le danger se faisait de plus en plus pressant. Un jour, papa est rentré à la maison en racontant qu'on arrêtait des adolescents et des jeunes hommes dans la rue. Il m'a demandé de prévenir mes cousins Maurits et David, les fils d'oncle Arie et de tante Sara. Ils habitaient à quinze minutes à pied de chez nous. Je me rends compte à présent de la bizarrerie de cette commission. Les Allemands raflaient les jeunes filles comme les jeunes hommes, mais curieusement personne dans ma famille n'a pensé aux risques que je courais. J'avais 20 ans, mais on me considérait encore comme une enfant. Comme Clara et moi étions beaucoup plus jeunes que Louis, David et nos cousins, on nous tenait toujours pour des petites filles ; tandis que nos parents et nos frères assistaient aux réunions de famille, nous restions toutes deux à la maison et attendions qu'ils nous rapportent des parts de gâteaux. Mon père n'a donc pas pensé – moi non plus d'ailleurs – que je prenais un risque en sortant. J'ai compris le danger sur le chemin du retour, en voyant des jeunes filles et des jeunes gens poussés dans des camions. J'ai caché mon étoile de David et je me suis précipitée à la maison, le cœur battant la chamade, en priant que les Allemands ne m'aperçoivent pas.

Depuis quelque temps déjà, oncle Arie et tante Sara cherchaient à partir en Suisse avec leur fils Maurits, qui était déjà marié à ce moment-là. Ils ont fait une nouvelle tentative après ma venue. Le beau-père de Maurits était un diamantaire aisé, ils pouvaient donc verser une grosse somme d'argent au passeur. Conformément aux instructions, la famille a attendu dans un café, mais au lieu d'être conduits en sécurité vers la Suisse, ils ont tous été arrêtés par la police allemande. L'homme qu'ils avaient payé si cher les avait trahis. Je suppose qu'à ce moment-là, les mouchards ne connaissaient pas encore les horribles conséquences de leur acte – ils étaient tout simplement cupides. En plus de l'argent des Juifs qu'ils se proposaient d'aider, ils recevaient une prime des Allemands ; sept florins par Juif dénoncé. Sept florins, c'était beaucoup d'argent à l'époque – autant qu'une semaine d'aide sociale – la tentation était tout simplement trop grande pour certains. Les Juifs ne pouvaient pas savoir qui était digne de confiance, mais oncle Arie et sa famille étaient tellement désespérés qu'ils avaient pris le risque. La police allemande les a renvoyés chez eux après leur arrestation ; quelques semaines plus tard, ils ont été pris lors des rafles systématiques des Juifs. David, leur fils aîné qui étudiait la médecine, aurait dû être en sécurité, car il se cachait à Hilversum chez un camarade d'université. Mais, un soir, il décida de passer à la maison pour y prendre quelques livres. C'est précisément ce soir-là que la famille a été arrêtée par le *Sicherheitsdienst* – le service de renseignement de la SS – et déportée à Auschwitz. David aussi. Nous n'avons plus jamais revu aucun d'entre eux. La vie ou la mort dépendait souvent d'une décision prise arbitrairement en une fraction de seconde. Mon père avait également songé à s'enfuir en Suisse, mais il n'a pas osé mettre ses plans à exécution après les malheurs d'oncle Arie et de sa famille. Nous ignorions toujours le sort des personnes transférées en Europe de l'Est. Nous pensions encore qu'elles étaient acheminées vers des camps de travail.

Entre-temps, les bombes alliées pleuvaient sur le pays. L'une d'elles est tombée tout près de notre maison, mais par chance seule la fenêtre a été endommagée. Malgré le danger, les bombes nous réjouissaient, nous savions que les Alliés se battaient pour anéantir les nazis, et nous nourrissions l'espoir naïf que la guerre finirait bientôt. Elle ne faisait pourtant que se rapprocher. Quatre mois après ma convocation, ce fut au tour de mon père d'en recevoir une, il devait se présenter à un camp de travail dans la Drenthe. Nous aurions peut-être pu imaginer un nouveau stratagème, mais on disait que si le père partait, sa femme et ses enfants étaient épargnés. Nous y avons cru – comme nous avons cru tous les mensonges qu'on nous racontait –, et papa a donc décidé qu'il valait mieux répondre à la convocation. Nous lui avons fait nos adieux le cœur serré et, le 2 octobre, il s'est rendu vaillamment au point de rassemblement. Évidemment, nous étions inquiètes, mais nous pensions qu'il allait travailler dans une ferme ou une usine. Nous nous faisions du souci pour lui, mais nous ne pouvions rien changer à la situation, et tout portait à croire que nous le reverrions. Nous avons été anéanties en apprenant qu'il avait été transféré au camp de transit de Westerbork le lendemain de son arrivée dans la Drenthe. C'était un choc. On ne le trouvait peut-être pas assez fort pour travailler ? Après la guerre, j'ai appris que tous les hommes du camp de travail avaient été envoyés à Westerbork.

Ce camp avait été construit en 1939 par le gouvernement néerlandais à des fins humanitaires, pour accueillir les réfugiés juifs qui fuyaient l'Allemagne.

Je quitte la maison : ma famille dans la clandestinité

Plus de sept cents Juifs y vivaient lorsque les nazis ont envahi les Pays-Bas. Ironie du sort, le camp de Westerbork a facilité le travail des nazis. Sa situation isolée les arrangeait bien : les routes n'étaient pas pavées et, lorsqu'il pleuvait, le sable se transformait rapidement en boue. Au départ, Westerbork était placé sous l'autorité de l'administration néerlandaise, mais dès qu'il fut sous contrôle allemand, les nazis l'ont aisément transformé en camp de transit pour les Juifs. Ils l'ont entouré d'une clôture de fil de fer barbelé et de sept miradors, et ils y ont installé des baraquements en bois. Cent sept baraques au total, pouvant héberger trois cents personnes chacune. Chaque déporté avait droit à une valise ou à un sac à dos marqué d'une étiquette avec son nom, sa date de naissance et la mention « Pays-Bas ». Mon père nous avait acheté de grands sacs à dos, comme on le conseillait aux Juifs au cas où ils seraient envoyés du jour au lendemain en Europe de l'Est.

À première vue, la vie semblait tout à fait supportable à Westerbork. Le camp était administré en partie par des responsables juifs choisis par les Allemands ; de plus, les résidents avaient accès aux soins de santé, à l'éducation, aux activités sportives, et pouvaient assister une fois par semaine à un spectacle. L'apparence d'une vie normale était si bien entretenue que ma cousine Sarah s'y était même mariée. Elle était venue à Amsterdam en 1941 en tant que femme de ménage d'un jeune rabbin de Haarlem, et elle était tombée amoureuse de lui. Lorsqu'il a été déporté à Westerbork au début de l'été 1942, Sarah, qui était à moitié juive et pouvait donc échapper à la déportation, a choisi de l'accompagner.

Mon père a été hospitalisé pendant un certain temps à Westerbork, mais j'ignore pourquoi. J'ai d'abord pensé qu'il avait fait semblant d'être malade parce que la vie était plus sûre et confortable à l'infirmerie, mais j'ai appris plus tard qu'il avait vraiment été très souffrant. Il se pourrait qu'il ait pâti du sevrage de l'alcool. Il était autorisé à nous envoyer une carte par mois. Nous avions aussi des nouvelles par le biais de membres de la famille et d'amis qui travaillaient dans le camp et qui pouvaient le quitter régulièrement – on pouvait rentrer chez soi chaque week-end lorsqu'on travaillait pour le Conseil juif. J'ai même envoyé du chocolat à papa, ce qui m'a sauvé la vie, comme nous le verrons plus tard. Ce semblant de normalité servait à maintenir le calme et à éviter les révoltes, et je pense que cela a fonctionné. Les prisonniers croyaient qu'ils auraient de meilleures chances de s'en sortir s'ils coopéraient, mais ce n'était qu'un leurre. Entre juillet 1942 et septembre 1944, des trains ont quitté Westerbork tous les mardis pour déporter des Juifs dans les camps d'extermination. Personne n'a été épargné. Ma cousine et son mari ont subi eux aussi le sort commun. Ils ont été assassinés tous les deux. Si elle n'avait pas choisi d'accompagner son mari, Sarah aurait peut-être survécu à la guerre, car elle n'était qu'à moitié juive, mais comment lui reprocher

Je quitte la maison : ma famille dans la clandestinité

d'avoir suivi l'homme qu'elle aimait ? Soixante-cinq trains transportant des Juifs ont quitté Westerbork à destination d'Auschwitz, la plupart des déportés ont été gazés immédiatement ; dix-neuf trains sont partis pour Sobibor, tout le monde a été gazé à l'arrivée ; il faut y ajouter les trains qui sont partis pour Bergen-Belsen et Theresienstadt. Près de 107 000 Juifs néerlandais ont ainsi été conduits à la mort.

Le jour où papa a été emmené dans la Drenthe, je me suis couchée tôt. J'ai été réveillée par un bruit de lourdes bottes allemandes dans l'escalier de notre immeuble. Je suis restée au lit avec Clara, et nous nous sommes serrées l'une contre l'autre pour nous réconforter. Mon cœur battait à tout rompre. Je pensais que les Allemands venaient nous chercher, mais ils ont arrêté les habitants d'un autre appartement. Nous ne figurions pas sur leur liste ce soir-là. Bizarrement, et malgré ma peur, j'ai ôté mes bigoudis au cas où nous serions déportées. Stupide vanité de jeune femme. Il peut sembler invraisemblable d'accorder de l'importance à ce genre de détail dans un moment pareil, l'anecdote est pourtant véridique.

Entendre des gens se faire arrêter et emmener est terrifiant. Les SS allemands et la police néerlandaise faisaient énormément de bruit, ils martelaient les escaliers de leurs lourdes bottes, cognaient aux portes et ordonnaient à tout le monde – jeunes et vieux – de quitter la maison au plus vite. Les Allemands hurlaient des ordres, donnaient des coups de pied et frappaient même les personnes malades, âgées ou faibles. Ils les jetaient dans des camions, épaulés par la police néerlandaise. De nombreux Juifs ont été incarcérés au Théâtre de Hollande[1], situé au cœur du vieux quartier juif, et envoyés de là au camp de Westerbork. Le théâtre date de 1892. Il avait connu un beau succès dans les années 1930, on y jouait des pièces sérieuses, des revues et des opérettes. De nombreux artistes juifs allemands et autrichiens qui avaient fui aux Pays-Bas s'y produisaient en compagnie de réfugiés juifs d'Europe de l'Est. C'était un lieu animé où l'on présentait des spectacles de grande qualité, mais les mesures antisémites ont commencé à laisser des marques peu après l'occupation allemande. Le théâtre a été rebaptisé « Théâtre juif[2] », et les acteurs avaient le droit de se produire uniquement devant un public juif. Ironie du sort, la réputation du théâtre était telle que des non-Juifs empruntaient des étoiles jaunes pour y accéder.

La suite de l'histoire du Théâtre de Hollande est affreuse. Entre 1942 et 1943, des milliers d'hommes, de femmes et d'enfants juifs y ont été rassemblés avant d'être déportés à Westerbork. Peu sont revenus. Mon cousin David Roet ainsi que d'autres membres de ma famille ont dû s'y trouver avant d'être conduits

---

1. Holllandsche Schouwburg.
2. Joodsche Schouwburg.

à la mort. À présent, le théâtre est un mémorial ; les noms de tous les Juifs néerlandais assassinés sont écrits sur ses murs. Les visiteurs peuvent y écouter des témoignages d'artistes rescapés. Dans une de ces archives, une comédienne raconte la terrible soirée qui a précédé la fermeture du théâtre : « Un nazi se tenait en coulisses, il observait tout mais ne touchait à rien. Il était très silencieux et discret. Il m'a dit : "Je vous prie de m'excuser, j'espère que je ne vous dérange pas." Tout le monde se demandait ce qu'il faisait là. Nous en avons discuté et conclu qu'il pensait peut-être que nous tramions quelque chose. Le lendemain, il est revenu pour nous informer que le théâtre était fermé et qu'il serait désormais un centre de détention pour les Juifs en attente de déportation. Si nous n'étions pas d'accord, nous étions conviés à faire partie du premier transport. »

En fait, le théâtre avait deux fonctions. Il était utilisé comme centre de détention avant la déportation, mais aussi comme site d'emprisonnement de longue durée pour les Juifs. Les lieux n'étaient absolument pas adaptés à cet usage, les détenus qui s'y sont trouvés ont évoqué sa surpopulation, la puanteur épouvantable et la terreur qui y régnaient. Walter Süskind, qui avait fui l'Allemagne pour les Pays-Bas en 1938, dirigeait alors le théâtre. Il faisait partie du Westerweelgroep (un groupe de résistance) quand je l'ai rencontré, mais j'ignorais ses activités à ce moment-là. Chaque résistant n'était qu'un petit rouage dans une grande machine, et personne ne savait ce que faisaient les autres. Süskind utilisait sa fonction pour sauver des enfants juifs détenus dans une crèche en face du théâtre. Il faisait équipe avec le personnel de la crèche pour mettre en sûreté le plus grand nombre d'enfants. Il les cachait dans des sacoches ou des sacs à dos, puis les faisait passer clandestinement vers d'autres régions des Pays-Bas où des familles non juives les recueillaient. Süskind effaçait leurs noms des documents administratifs afin que les nazis ignorent leur existence. Environ six cents enfants ont ainsi pu être épargnés. Johanna, la femme de Süskind, et sa fille, Yvonne, ont été assassinées en octobre 1944 à Auschwitz. Walter est mort le 28 février 1945 au cours d'une marche de la mort.

Le lendemain de la rafle de nos voisins, j'ai compris que si nous n'agissions pas, nous nous retrouverions également au Théâtre de Hollande. Ma mère était incapable d'imaginer un plan. Elle était totalement désemparée. Papa avait toujours pris les décisions importantes pour la famille, et avant son mariage, c'étaient ses parents ou ses frères et sœurs qui décidaient pour elle. J'avais 20 ans, pourtant mes parents me considéraient comme une enfant. Mais je possédais le caractère de mon père. J'étais volontaire et déterminée. Face à ce terrible défi, je savais que je devais agir en adulte, et faire les bons choix pour ma mère et pour Clara. J'ai décidé que nous devions entrer dans la clandestinité. Nous étions en octobre 1942.

Je quitte la maison : ma famille dans la clandestinité

La Résistance en était encore à ses balbutiements, et il était difficile de trouver des adresses de cachette. Mais j'avais une idée. Mon amie Clara Cardozo m'avait confié qu'elle ne participerait pas au cours de danse de la semaine suivante, car elle partait avec sa famille. Je savais que « partir » signifiait entrer en clandestinité ou quitter le pays. Elle habitait dans un grand appartement sur l'Amstellaan avec son père, ses frères et sa belle-sœur. Clara m'a dit que cette dernière ne s'en irait pas avec eux. Je ne lui ai jamais demandé pourquoi et j'en suis donc réduite aux conjectures. Elle n'avait pas l'air d'une Juive : elle était très blonde, tout comme sa fille de 3 ans. Peut-être lui avait-on dit qu'elle aurait plus de chance de s'en sortir en vivant ouvertement comme non Juive plutôt qu'en entrant dans la clandestinité avec sa belle-famille, tous bruns et très typés. Lorsque ma mère a accepté d'entrer dans la clandestinité, je suis allée voir Clara en espérant qu'elle pourrait m'aider. Elle m'a donné les coordonnées de l'homme qui leur avait vendu des adresses ; il se trouvait que je le connaissais : il s'agissait de notre agent d'assurances. Passer dans la clandestinité coûtait très cher. Peu de gens étaient prêts à accueillir des réfugiés sans une contrepartie financière. J'ai téléphoné aux Jongeneel de Middelbourg, chez qui mon frère David avait été cantonné au début de la guerre. Lorsque les Juifs n'ont plus eu le droit d'avoir de l'argent et des bijoux chez eux, mon père leur avait confié une partie de nos biens, en cas d'urgence. Mme Jongeneel, qui était devenue une bonne amie, s'est rendue chez nous avec la somme demandée. Le lendemain, notre agent d'assurances a demandé à ma mère et à Clara d'aller à la gare. Elles logeraient à Eindhoven chez une femme qui avait trois enfants, un garçon et deux filles. J'ai découvert plus tard qu'elle habitait seule avec ses enfants parce que son époux vivait chez sa maîtresse. Je ne me suis pas jointe à Mams et à Clara ; il n'y avait de la place que pour deux personnes, et cela nous serait revenu trop cher. Ce choix, qui nous semblait tragique à ce moment-là, s'est avéré pour moi une fois de plus salvateur.

Mams et Clara ont donc quitté Amsterdam, et j'y suis restée en essayant de survivre seule. Ma situation était difficile. Je ne savais pas quand je les reverrais, mais j'avais trop de choses à régler pour me laisser submerger par la tristesse. Il fallait que je me concentre sur moi-même. J'ai vendu tous nos ustensiles de cuisine à la mère de mon amie Jo Nijland. Elle m'en a donné deux florins, la somme était modeste, mais j'étais tellement dans le besoin que j'étais ravie d'avoir un peu d'argent. Je devais aussi trouver un logement. Lorsque j'étais lycéenne, je m'étais inscrite à un cours du soir pour apprendre la sténo et la dactylo ; je m'y étais liée d'amitié avec une camarade de classe. Elle habitait avec sa famille dans un grand appartement sur l'Amstellaan. Lorsque la situation des Juifs s'est détériorée, elle m'a dit : « Si tu ne sais pas où aller, viens chez nous. » Je me suis donc rendue chez elle en traînant une grande valise pleine de vêtements.

La famille comptait cinq enfants, et l'appartement était plein à craquer ; je partageais la chambre de mon amie. Je me souviens encore de mon étonnement à les voir dormir en sous-vêtements. Chez nous, on portait toujours un pyjama, même lorsqu'on n'avait plus un sou. Leur famille était plutôt aisée – il fallait l'être pour vivre dans un tel appartement –, et pourtant les enfants ne possédaient pas de pyjamas. Avec le recul, je me rends compte que j'ai eu une enfance privilégiée et que mes parents ont toujours veillé à ce que nous conservions un certain train de vie, même dans les moments difficiles.

Quelques jours après mon arrivée, la mère de mon amie a signalé que le stock de charbon et de nourriture s'épuisait. Mon père avait fait des provisions de charbon et de nourriture pour tenir jusqu'à la fin de la guerre, je lui ai donc indiqué où nous les avions mises et nous sommes allées les chercher. Une semaine plus tard, elle m'a annoncé qu'il était trop dangereux de me garder chez eux ; je devais partir le soir même. Je lui ai répondu en toute innocence : « Mais vous avez tout notre charbon et nos provisions de nourriture. »

Elle m'a répondu : « Oh, il n'en reste plus rien. »

C'était manifestement un mensonge, mais comme il m'était impossible de charrier du charbon et des aliments, j'étais bien obligée de m'incliner. J'ai quitté leur appartement le soir même en traînant de nouveau ma valise. Je me sentais trahie. Dans sa naïveté, mon amie avait proposé de m'aider, mais sa famille prenait évidemment un risque en m'hébergeant – « Nous avons cinq enfants, c'est trop dangereux », m'avait dit sa mère –, pourtant, j'étais extrêmement déçue. J'errais à travers les rues en portant tous mes biens sur moi, comme une nomade. Je ne voyais qu'une solution, me rendre chez mon oncle Jacques et ma tante Tini qui logeaient à un quart d'heure à pied. Ils m'ont hébergée. Le fils de Jacques, Loutje, était déjà parti dans un camp, j'ai donc dormi dans son ancienne chambre. Si j'avais su, à ce moment-là, ce qu'il était advenu de lui, cela m'aurait été insupportable.

*

J'étais encore en contact avec papa durant cette période difficile. La belle-sœur de Zetty travaillait au bureau du Conseil juif à Westerbork, et papa m'a conseillé de m'adresser à elle pour avoir de ses nouvelles. Lors de notre rencontre à Amsterdam, elle m'a donné ce qui allait devenir mon bien le plus précieux : le stylo-plume Waterman de papa. Je l'ai reconnu immédiatement, c'était celui qu'il utilisait toujours. Dès que je l'ai vu, j'ai eu l'impression que tout était comme avant ; nous étions tous à la maison, et papa écrivait des lettres et prenait des notes. J'étais heureuse qu'il ait demandé à la belle-sœur de Zetty de me donner son stylo ; je le considérais comme un talisman. J'avais l'impression que papa était à mes côtés lorsque j'avais le stylo en main, et j'étais bien décidée à ne jamais m'en séparer. Même dans une situation difficile, papa pensait toujours aux autres. Il m'a demandé d'apporter toutes les semaines un peu d'argent à deux vieilles dames dans le besoin. Elles m'ont appris qu'il les aidait depuis des années, même lorsque nous étions nous-mêmes très pauvres.

Papa m'a également demandé de lui envoyer des chocolats, ce que j'ai trouvé très étrange : il ne mangeait pas de sucreries. La belle-sœur de Zetty m'a raconté qu'il avait été très malade et s'était retrouvé à l'infirmerie. Apparemment, il voulait offrir ces chocolats aux infirmières. Je suppose qu'il les utilisait pour amadouer le personnel afin de pouvoir rester plus longtemps à l'infirmerie ; les conditions y étaient certainement meilleures que dans le camp, où l'on risquait d'être déporté en Europe de l'Est. J'achetais de grandes boîtes de chocolats chez le fournisseur que papa m'avait conseillé et je les lui envoyais régulièrement. Bizarrement, les colis étaient autorisés et papa les réceptionnait. C'est un exemple parmi d'autres des incohérences des Allemands. Un jour on autorise le prisonnier à recevoir des cadeaux ; le lendemain on le déporte et on l'assassine.

À cette époque, j'étais toujours employée à l'atelier de fourrure. Un matin, je suis passée au bureau de poste avant de me rendre au travail pour envoyer un colis de chocolats et de fromage à papa. J'ai eu un pressentiment au moment de me remettre en route pour l'atelier. C'est difficile à expliquer, mais j'avais une drôle de sensation au creux du ventre. J'étais arrivée au coin de la rue, mais j'ai décidé sur un coup de tête de revenir chez mon oncle Jacques. J'ai appris quelques heures plus tard que le Service de renseignement allemand, sous la direction de Willy Lages, avait fait ce jour-là, le 11 novembre 1942, une descente dans l'atelier de fourrure. Ils ont bloqué les issues, ont arrêté les employés et les ont déportés dans des camps de concentration. J'aurais été parmi eux si je n'avais pas suivi mon intuition. Je m'en étais sortie – une fois de plus. Mais, de ce jour, l'anxiété ne m'a plus quittée.

Après la guerre, j'ai croisé dans la rue l'un des deux patrons de l'atelier. Il m'a raconté qu'il s'était caché dans les toilettes lorsqu'il a entendu arriver les Allemands. Toutes les personnes présentes, y compris son frère, ont été réunies dans la cour et embarquées dans des camions. On ne les a plus jamais revues. Mon père aurait été très ému d'apprendre que c'est en lui rendant service que j'avais sauvé ma vie. Mais il n'a jamais su ce qui allait arriver à sa famille.

Le 6 décembre 1942, alors que j'habitais encore chez mon oncle Jacques et ma tante Tini, on m'a informée que mon père avait été envoyé à Auschwitz. Il y a été assassiné le 7 décembre, mais je ne l'ai appris que bien des mois après la fin de la guerre. Longtemps, les pouvoirs publics ont ignoré ce qui

Je quitte la maison : ma famille dans la clandestinité

lui était arrivé. Je vivais déjà en Angleterre lorsqu'on m'a mise au courant. Bien sûr, pendant tout ce temps, j'espérais qu'il fût encore en vie. Je connaissais le fort instinct de survie de papa et j'entendais tant d'histoires de rescapés que j'ai gardé espoir jusqu'à apprendre la terrible nouvelle.

En ce temps-là, je vivais dans l'angoisse parce que je ne savais ni où se trouvaient les membres de ma famille, ni comment ils se portaient. Comme je n'avais plus d'emploi après la fermeture de l'atelier de fourrure, je me suis occupée des enfants de mon cousin David Roet. Riekie, sa petite amie, était tombée enceinte en 1939, mais les parents de David étaient opposés au mariage. Leur fils était sans emploi, et Riekie ne venait pas d'un assez bon milieu. En plus, elle avait la tuberculose. David passait souvent nous voir. Il était très ami avec mes frères et s'était toujours senti à la maison chez nous, plus que dans sa propre famille. Lorsqu'il a annoncé à papa que Riekie était enceinte, mon père a organisé une rencontre dans notre maison en mai 1940 avec Riekie, David, et les parents de ce dernier, Levi et Jaan. Les nuits précédant la rencontre, j'ai laissé mon lit à Riekie et j'ai dormi sur un lit d'appoint. Agissant comme toujours en homme d'honneur, mon père avait déclaré à mon oncle et à ma tante qu'il était du devoir de David d'épouser Riekie, d'autant plus que c'était le vœu des deux jeunes gens. Ils se marièrent donc, ils eurent un deuxième enfant et, en 1942, Riekie était de nouveau enceinte. Comme elle souffrait de la tuberculose, elle avait été hospitalisée à l'hôpital juif, et je me rendais chaque jour chez eux pour m'occuper des deux petits.

Dientje Jesse, à qui j'avais emprunté l'uniforme d'infirmière, habitait au coin de la rue de mon oncle Jacques. Dientje était originaire du Limbourg, une région des Pays-Bas à majorité catholique, mais ses parents lui avaient donné une éducation très protestante. Elle n'était pas croyante et souhaitait ardemment quitter la maison paternelle. Elle avait trouvé un emploi dans un magasin de chaussures à Alkmaar, où elle avait rencontré Bob Jesse. Ils se sont mariés juste avant le début de la guerre et ont emménagé dans un magnifique appartement à Amsterdam. Dientje l'avait meublé dans un style moderne, avec du linoléum orange dans la chambre à coucher. Elle était si fière de cette chambre qu'il fallait enlever les chaussures en y entrant. À cette époque, la plupart des femmes étaient obligées de quitter leur emploi lorsqu'elles se mariaient et Dientje n'a pas fait exception, elle a donc consacré tout son temps à son appartement et, comme j'allais l'apprendre plus tard, à la Résistance. Mon cousin David et ma cousine Zetty Roet m'ont présenté Dientje et Bob ; ils avaient tous les quatre une dizaine d'années de plus que moi. Je n'étais pas intime avec Dientje et Bob, mais j'ai toujours pu compter sur eux pendant la guerre, et nous avons fini par devenir très bons amis. Bob était à moitié juif, et ils avaient beaucoup d'amis juifs à la recherche d'une cachette et de faux papiers. Ils se sont donc engagés dans la Résistance, qui s'organisait à ce moment-là. Ils se servaient de papiers d'identité déclarés perdus à l'administration, qu'ils se procuraient par divers canaux. Au début, Bob retirait sommairement les photos des cartes « perdues » pour en coller de nouvelles.

Un jour, Dientje m'a envoyée à la maternité où Riekie venait d'accoucher de Levi. La jeune maman venait de finir d'allaiter, et j'étais chargée de lui faire la conversation le plus longtemps possible afin que Dientje, vêtue de son uniforme d'infirmière, puisse emporter le nourrisson à une adresse secrète au lieu de le ramener à la pouponnière. En ce temps-là, il était normal que les bébés ne passent pas tout leur temps avec leur maman et dorment dans la nursery de l'hôpital, Riekie ne se doutait donc de rien. Nous l'avions bien sûr tenue dans l'ignorance de notre plan, car elle n'aurait pas manqué de pleurer et aurait refusé de se séparer de Levi. La plupart des parents juifs, ignorant le danger qu'ils faisaient ainsi courir à leurs enfants, voulaient qu'ils restent avec eux. Notre intervention devait se passer dans la plus grande discrétion, les employés de l'hôpital qui coopéraient en secret – ne devant pas être mis en danger. Une fois Levi en lieu sûr, Dientje a expliqué à Riekie ce que nous avions fait et pourquoi ; elle a dû l'accepter et elle est restée seule à l'hôpital. Je ne l'ai plus revue, mais j'imagine qu'elle devait être à la fois désemparée par la disparition de son bébé et rassurée de le savoir en sécurité.

Levi a été placé dans le Limbourg chez une famille de mineurs catholiques, il a été rebaptisé Georges et on s'est bien occupé de lui. Après la guerre, il s'est installé en Israël. Les deux autres enfants de Riekie et David leur ont également été enlevés, ils ont été recueillis par des familles chrétiennes. Tous les trois ont survécu à la guerre, mais leur père et leur mère sont morts. L'hôpital juif a été fermé peu après l'enlèvement de Levi, et Riekie a été déportée à Auschwitz.

C'était ma toute première contribution à la Résistance et la première fois que j'ai compris qu'elle existait. Je ne savais pas grand-chose à son sujet, mais cet incident a levé le voile sur ses activités, et je me suis retrouvée engagée dans le mouvement sans même m'en rendre compte. Je n'avais aucune idée de l'importance que prendrait ma future implication dans la Résistance ; à ce moment-là, j'étais surtout préoccupée par ma propre sécurité. C'est plus tard seulement que j'ai réfléchi à la façon dont je pourrais aider les autres.

Entre-temps, j'essayais de survivre financièrement. L'argent que papa avait confié à Mme Jongeneel commençait à s'épuiser. Je continuais à percevoir la part prélevée sur le salaire de Louis. Un comptable de la Compagnie des steamers hollandais l'apportait chaque mois chez Jo Nijland, l'amie de mes parents, et je le retrouvais chez elle pour réceptionner la somme. Après un certain temps, « tante Jo » m'a dit que l'opération devenait trop dangereuse : le petit ami de sa voisine du dessous était membre de la NSB[3], et elle ne lui faisait pas confiance. Cette source de revenus s'est tarie, car je ne connaissais pas d'autre endroit sûr où rencontrer le comptable. Louis a été furieux lorsqu'il a appris que les sommes prélevées sur son salaire durant la guerre ne m'étaient jamais parvenues. Après la Libération, je suis allée voir le comptable, mais il m'a claqué la porte au nez. Il avait certainement empoché ce qui m'était dû.

Je devais trouver un moyen de gagner de l'argent pour payer les frais que j'imposais à mon oncle Jacques et à ma tante Tini. Je ne pouvais pas leur demander de me nourrir et de me loger gratuitement. Oncle Jacques cousait des chemises pour des particuliers, mais sans l'aide de Loutje il était si lent qu'il lui était difficile de gagner sa vie ainsi. Tante Tini, qui n'était pas juive, se chargeait de vendre et de livrer les chemises, puisque c'était interdit aux Juifs. Mais oncle Jacques n'en tirait pas un bon prix, même si le tissu des chemises était de bonne qualité et qu'il l'avait payé cher au marché noir.

David Roet et son ami Hartog Hammelburg, avec qui je ferai plus amplement connaissance ultérieurement, m'ont prêté main-forte. Après avoir loué une charrette, ils y ont chargé certains de nos meubles

---

3. Mouvement national-socialiste aux Pays-Bas.

et de nos tableaux et les ont vendus pour quelques florins. Même si c'était peu, j'étais soulagée d'avoir de l'argent pour payer ma nourriture. Et c'était toujours ça que les nazis ne nous voleraient pas. De nombreux meubles, vêtements et autres affaires sont restés dans notre appartement, mais tout a disparu pendant la guerre. Je me demande souvent ce qu'ils sont devenus.

Je ne pouvais pas rester chez ma tante et mon oncle. Tante Tini, qui avait toujours été d'un tempérament nerveux, s'angoissait chaque jour un peu plus de ma présence. Sa voix montait tellement dans les aigus qu'elle avait l'air d'une hystérique. Un couvre-feu très strict ayant été instauré, il fallait une autorisation spéciale pour être dans les rues après 20 heures. Les rideaux opaques devaient être soigneusement fermés afin d'éviter de laisser filtrer le moindre rai de lumière. Les employés de la défense antiaérienne, qui avaient souvent des sympathies pour les nazis, pouvaient passer à toute heure pour inspecter les lieux. Un soir, on frappa à la porte peu après 20 heures. Comme l'appartement était au dernier étage, je suis montée me cacher sur le toit en grimpant par la fenêtre de ma chambre. Je me suis retrouvée allongée dans la gouttière sous une pluie battante. Parfois, l'employé de la défense antiaérienne entrait jusque dans ma chambre pour vérifier les lumières. Ce soir-là, il était juste venu informer les locataires des nouvelles règles en vigueur, et mon oncle m'a dit que c'était un gars sympathique.

Mais la nervosité de ma tante augmentait à chacune de ses visites. Un soir, j'ai grimpé sur le toit comme d'habitude tandis qu'il effectuait une nouvelle inspection. J'ai eu l'impression de rester une éternité sous la pluie, immobile et silencieuse. J'ai toujours su faire preuve d'un grand sang-froid si nécessaire. Je voyais l'employé allumer la lumière dans chaque pièce et regarder par la fenêtre. Comme je craignais qu'il ne m'aperçoive, j'ai sauté sur le toit du bâtiment voisin. Ces événements, qui devenaient de plus en plus fréquents, me semblent tellement irréels à présent que j'ai souvent l'impression de les avoir rêvés. Ils paraissent tirés d'un film et non de la vie réelle. Échapper coup sur coup à une arrestation peut sembler une prouesse. Mais j'étais jeune, en forme et solide. Je prenais un grand risque en étant sur le toit, mais c'était nécessaire. La situation était dangereuse non seulement pour moi, mais aussi pour mon oncle Jacques et ma tante Tini. En tant que Juif marié à une non-juive, mon oncle jouissait encore de sa liberté, mais si on découvrait qu'il me cachait, il serait déporté et Tini subirait le même sort. Nous ignorions encore l'existence des camps de concentration, mais nous ne voulions pas être pris. Nous savions que nous étions en danger. Quelques jours après une nouvelle visite inattendue de l'employé de la défense antiaérienne, mon oncle Jacques m'a dit qu'il serait plus prudent que je m'en aille. Il s'inquiétait beaucoup de l'anxiété de sa femme et craignait qu'elle ne signale ma présence par mégarde. Un lapsus est vite arrivé, et de nombreuses personnes ont été ainsi trahies involontairement.

Quand mon oncle Jacques est venu me voir à Londres après la guerre, il m'a appris que son mariage avec une femme non juive l'avait effectivement protégé dans une certaine mesure, mais qu'il avait dû se rendre par deux fois à l'hôpital pour y être stérilisé. Les Juifs mariés à des « Aryennes » étaient obligés de subir cette opération. Les médecins ont chaque fois reporté sa stérilisation et l'ont renvoyé à la maison en invoquant des raisons médicales. Ils ont montré beaucoup d'humanité en faisant leur possible pour le protéger.

Désespérée d'être à la rue, j'ai repris contact avec l'agent d'assurances qui avait trouvé une adresse à Mams et à Clara pour lui demander de m'en dénicher une également. C'est ainsi que j'ai atterri dans le quartier ouvrier du Jordaan, chez un jeune couple qui venait d'avoir des jumeaux. J'ai repris ma grande valise et je me suis mise en route vers leur minuscule logement au troisième étage. Une jeune femme qui circule dans la ville en traînant une grande valise est éminemment suspecte. Je pensais que tout le monde m'observait et se demandait ce que je faisais là, mais je n'avais pas le choix. C'était dangereux et je le savais. J'ai couvert mon étoile jaune du mieux possible ; je ne sais pas comment je m'en suis sortie sans me faire arrêter.

Je quitte la maison : ma famille dans la clandestinité

Il me fallait changer d'identité, pour ma sécurité et pour celle du couple qui me logeait. J'ai abandonné mon vrai moi à partir de ce moment-là et je me suis mise à jouer des rôles. J'étais censée être la sœur de l'époux, il était originaire du nord du pays. C'était un homme très grand et très blond, il avait été employé dans le cadre du Boschplan[4] qui est à l'origine du bois d'Amsterdam. J'étais assez petite, mais j'avais les cheveux blond platine à présent – je m'étais fait décolorer dans le salon de coiffure de luxe que tenait le frère de mon oncle Jacques. Tout comme Jacques, il avait pu continuer à diriger son entreprise, car il était marié à une non-juive. Il avait attendu que le salon soit fermé pour me décolorer. Il était essentiel pour ma survie de ne pas avoir l'air d'une Juive. Mon soi-disant frère et son épouse étaient très gentils – c'était un plaisir d'habiter chez eux –, mais je sortais le plus souvent possible pour leur laisser un peu d'intimité. L'appartement ne comptait que deux pièces : je dormais dans le séjour, et ils dormaient et mangeaient dans la chambre du fond, avec les bébés. C'est un exemple des sacrifices auxquels consentaient beaucoup de personnes pour sauver la vie de Juifs. Je dormais sur un canapé que nous avions descendu du grenier. Il était assez confortable, mais après quelques nuits j'étais couverte de boutons rouges ; je pensais avoir contracté une maladie.

---

4. Le « plan Bois » a été créé en 1928 et a été développé durant la Grande Dépression. Ce plan d'aménagement d'espaces verts d'Amsterdam employait les chômeurs de la ville et des environs.

Je suis allée voir Dientje pour avoir son diagnostic, et elle m'a expliqué qu'il s'agissait de piqûres de puces. Je n'en avais encore jamais vu. Elle m'a donné un antipuces, mais il y en avait des milliers dans ce canapé, et cela n'a donc servi à rien.

Un ou deux mois plus tard, j'ai croisé Hartog Hammelburg dans la rue, l'ami de mon cousin David Roet. Il m'a conseillé de ne pas retourner dans le quartier du Jordaan. L'agent d'assurances qui m'avait fourni l'adresse de ma cachette était en prison et on le soupçonnait de pactiser avec le Sicherheitsdienst : s'il donnait les noms de tous les Juifs qu'il avait aidés, sa femme et ses enfants seraient libérés. À mon avis, les Allemands avaient dû tomber sur la liste des clandestins lorsqu'ils étaient venus à son domicile pour l'arrêter lui et sa famille, mais comme pour tant d'autres choses, nous ne saurons jamais le fin mot de l'histoire. Il est certain en revanche qu'ils ont tous été déportés à Auschwitz, donc même s'il a pactisé par désespoir, cela ne lui a servi à rien. Plusieurs Juifs qui figuraient sur sa liste ont été arrêtés à ce moment-là, dont tous les membres de la famille Cardozo qui vivaient en clandestinité depuis un certain temps, y compris mon amie Clara. Il était clair que je pouvais être la prochaine. Hartog m'a donc proposé de m'héberger dans sa pension. Elle était située dans une ruelle donnant sur la Ferdinand Bolstraat. Il a emprunté un lit qu'il a installé dans sa chambre.

Hartog était excellent cuisinier. C'était un pâtissier célèbre à Alkmaar, où il avait rencontré Zetty, David, Dientje et Bob. Il réussissait à se procurer de la farine, du beurre et des œufs au marché noir, et il cuisinait dans le couloir où se trouvaient un fourneau et un évier. C'était l'idéal pour moi : comme papa avait toujours mis l'accent sur mes études, j'ignorais jusqu'aux rudiments de la cuisine. Nous avons partagé des repas délicieux. Nous faisions aussi souvent des parties d'échecs. J'ai adoré loger chez Hartog. Le seul problème, c'est que je ne me rendais pas compte qu'il était en train de tomber amoureux de moi ; j'étais très naïve pour mon âge, je ne me suis vraiment doutée de rien. Nos lits étaient l'un en face de l'autre, et une nuit il s'est glissé sous mes draps. J'ai fait semblant de dormir et je l'ai laissé me toucher, parce que je ne savais pas quoi faire. Lorsqu'il allait trop loin, je le repoussais en continuant à faire semblant de dormir. La scène s'est reproduite quelques nuits plus tard. Cette fois-ci, j'ai feint de me réveiller en sursaut et je lui ai demandé de me laisser tranquille. Le lendemain, je suis allée chez Dientje pour lui raconter ce qui s'était passé, et elle m'a trouvé un autre logement. Nous étions à la fin de 1942, et j'ignorais alors que ce nouveau déménagement marquerait le début de ma participation active à la Résistance.

Cette histoire a une fin affreuse, qui me hante encore après toutes ces années. Hartog était une personne très sensible et, au lendemain de la guerre,

Dientje m'a raconté qu'il avait trouvé tellement épouvantable que je parte sans rien lui dire qu'il était sorti et avait erré dans les rues jusqu'à ce que les Allemands l'interpellent. Il est mort à Auschwitz. Avant qu'il ne se laisse arrêter, il avait confié tout son argent et ses biens à Dientje, et lui avait demandé de me les donner. Après la guerre, la sœur de Hartog, qui venait juste d'avoir un bébé avec un soldat américain reparti aux États-Unis, est venue rendre visite à Dientje. Comme elle se retrouvait seule avec le nouveau-né, Dientje lui a remis tout ce qui avait appartenu à Hartog.

Cheveux blonds
Dans la Résistance

C'était ma nouvelle vie : à présent, j'étais blonde, aryenne et sans domicile fixe. J'ai rencontré à ce moment-là deux personnes qui ont changé le cours de mon existence. Le docteur Wim Storm se trouvait à la tête du département de neurologie de l'hôpital universitaire de Leyde et il était très engagé dans la Résistance. Il trouvait des adresses de cachettes pour les Juifs. Il aidait des femmes juives entrées dans la clandestinité à accoucher. Il envoyait des personnes recherchées en Frise, où il connaissait beaucoup de paysans qui sympathisaient avec la Résistance. Les Juifs n'étaient pas les seuls à se cacher des Allemands, il y avait aussi les gens impliqués dans les mouvements de protestation illégaux ou ceux qui refusaient de signer la déclaration d'allégeance au régime nazi. Wim les aidait également en leur fournissant de la nourriture et des papiers d'identité. C'était un homme assez petit et plutôt replet, il avait la peau rose et lisse, et toutes les résistantes étaient folles de lui. Il pouvait leur demander ce qu'il voulait et il les poussait à prendre un maximum de risques durant leurs missions. Je l'admirais profondément pour son activité héroïque, mais je n'ai jamais été amoureuse de lui. Ann de Lange – son épouse ou sa compagne – s'était engagée dans la Résistance dès la promulgation des premières mesures antisémites. Elle connaissait de nombreuses personnes influentes et disposait d'un vaste réseau de contacts utiles : des graphistes, des imprimeurs, des écrivains, des journalistes. Elle a participé dès 1941 à la publication du journal illégal *De Vonk*, que j'ai distribué entre 1942 et 1944.

Nous sommes devenus très bons amis, Wim, Ann et moi. En décembre 1942, Ann m'a offert un magnifique pyjama en soie couleur saumon qui lui appartenait et que j'avais beaucoup admiré. Ce genre d'article luxueux avait disparu des magasins, d'ailleurs je n'aurais jamais pu me l'offrir, même s'il avait été en vente. Au départ, Wim était juste quelqu'un qui m'aidait, c'est lui qui m'a accompagnée jusqu'à la nouvelle adresse que Dientje m'avait trouvée. Il s'agissait d'un appartement situé aux deux derniers étages d'une belle maison donnant sur la Oude Singel, un canal de Leyde, que louaient deux femmes, Antje Holthuis et Mien Lubbe, des collègues de Wim. Antje était médecin et Mien technicienne de laboratoire. Plus tard, lorsque Wim est lui aussi entré en clandestinité parce que les Allemands avaient découvert ses activités, Antje lui a succédé à la tête du département de neurologie alors qu'elle n'avait que 23 ans. Elle était dans la Résistance, tout comme les autres médecins de l'hôpital. Mien et Antje étaient toujours prêtes à héberger des clandestins juifs. La plupart ne restaient que quelques jours, mais certains, comme moi, séjournaient plus longtemps. En mai 1943, Lies (Alice) Kropveld, une enseignante de 27 ans, s'est jointe à nous, elle a vécu dans la maison de Leyde jusqu'à la Libération. Comme elle était très typée, elle ne pouvait pas sortir pendant la journée, mais lorsqu'il faisait beau elle s'installait sur le balcon qui donnait sur l'arrière de la maison, d'où personne ne pouvait la voir. Elle était amoureuse d'un collègue de son lycée de Leyde qui, comme elle, enseignait l'anglais ; Wim assurait leurs échanges épistolaires.

Personne ne savait que j'étais juive, à part Dientje et Bob Jesse, Antje, Mien, Wim, Ann et bien sûr Greet. Les Juifs n'étaient pas les seuls à entrer en clandestinité, il n'y avait donc rien d'étrange à ce que je me cache. Je me suis fait passer pour Wilhelmina Buter, une étudiante qui avait vécu dans la chambre que j'occupais à Leyde. Il s'agissait d'une Américaine qui était retournée dans son pays juste avant l'invasion allemande. Probablement sur le dernier bateau. Comme elle portait un nom à consonance néerlandaise, je suppose que ses parents ou ses grands-parents avaient émigré aux États-Unis. Il paraît que je lui ressemblais quelque peu, et on m'a procuré une pièce d'identité à son nom. J'ai trouvé certaines de ses affaires dans ma chambre, je ne sais donc pas si les faussaires de la Résistance ont fabriqué les papiers ou s'il s'agissait vraiment des siens. On a collé ma photo sur le document : c'était la première fois que je changeais entièrement d'identité. Le moins de gens possible devaient savoir que j'étais juive ; ma sécurité en dépendait. J'ai bien gardé le secret, comme je l'ai compris beaucoup plus tard quand Thea Boissevain, une amie avec qui j'étais captive à Ravensbrück, m'a dit qu'une codétenue s'était toujours méfiée de moi parce que je ne livrais rien de ma vie.

En ce temps-là, j'ignorais tout de l'engagement dans la Résistance d'Antje et de Mien. Je savais seulement que c'étaient des femmes justes, qui m'avaient offert un refuge. En retour, je les aidais à faire le ménage et les courses, je cuisinais un peu et j'allais récupérer les tickets de rationnement. Étant juive, je risquais ma vie chaque fois que je quittais la maison, mais j'étais obligée de sortir – pour assurer notre quotidien. Je faisais les courses à vélo et je me rendais tous les mois à la mairie pour percevoir les tickets de rationnement. J'allais aussi presque tous les jours à la soupe populaire, qui distribuait une gamelle de ragoût fumant. L'électricité et le gaz étant rares, les plats préparés étaient plus pratiques que les repas cuisinés à la maison. Ces tâches étaient tout aussi risquées que les missions que j'effectuerais plus tard en tant qu'agent de liaison. J'ai eu la peur de ma vie un jour que j'étais en route pour la mairie. J'ai entendu un homme appeler « Selma ! ». Il connaissait manifestement ma véritable identité. Je me suis retournée et j'ai reconnu Harry Groen, que j'avais rencontré chez mes cousins à Amsterdam. Il était à moitié juif et avait grandi dans l'orphelinat juif de Leyde. Mes cousins m'avaient prévenue de me méfier de lui, car c'était un traître. Apparemment, les Allemands lui avaient confié une charrette pleine de brosses, de pelles et de balayettes neuves à vendre au porte-à-porte ; il dénonçait ceux qui lui ouvraient et qu'il savait être juifs. J'ai cru que mon cœur allait lâcher en le voyant. J'ai enfourché ma bicyclette et j'ai pédalé à toute allure jusqu'à la maison en me retournant sans cesse. Une fois dans l'appartement, je me suis cachée derrière le rideau et j'ai scruté la rue. Je l'ai vu passer le pont devant chez nous avec sa charrette à bras. Notre maison se trouvait à droite du pont et, à mon grand soulagement, il a tourné à gauche. J'ai bien cru que mon cœur allait lâcher. Antje et Mien étaient absentes, et je ne leur ai rien raconté à leur retour. Je ne suis pas sortie pendant plusieurs jours et j'ai été extrêmement prudente ensuite. Par bonheur, je n'ai plus jamais revu Harry Groen.

En dehors de Lies et de moi, la maison abritait un troisième clandestin : un homme juif de 83 ans qui se cachait dans l'annexe du bâtiment. Il se nommait monsieur Weill, mais nous l'appelions « grand-père ». Nous nous sommes croisés un jour en allant aux toilettes. Nous avons discuté, et il m'a demandé si je jouais aux échecs. Nous avons pris l'habitude de disputer des parties plusieurs fois par semaine. Il m'a aussi appris à jouer au mah-jong, et nous avons partagé agréablement de nombreux après-midi. Accompagnée de sa petite-fille d'environ 12 ans, son ancienne bonne, qui n'était pas juive, venait tous les jours. Elle était amoureuse de monsieur Weill et éprouvait de la jalousie à me voir passer du temps avec lui. Elle avait demandé à Antje de me dissuader de lui rendre visite. Antje m'a dit que grand-père Weill avait la grippe pour que je n'aille pas chez lui. Mais, quelque temps plus tard, la bonne m'a invitée à prendre le thé et m'a appris que loin d'avoir été malade, il m'avait constamment réclamée. Lorsqu'il lui avait demandé pourquoi je ne venais plus, elle avait prétendu que j'avais la grippe. Après la guerre, j'ai trouvé l'adresse de grand-père Weill à Leyde et je lui ai rendu visite. La bonne était là également, mais entre-temps elle était devenue sa femme, voici une histoire qui se termine bien, au moins. J'ai aussi découvert ce jour-là qu'elle avait fait passer comme étant de sa famille la petite-fille de grand-père Weill, ce qui a permis à l'enfant de survivre à la guerre.

Antje Holthuis était une jeune fille typiquement hollandaise, aux cheveux blonds coupés court et au teint pâle. Elle s'habillait un peu n'importe comment, mais nous étions en guerre et le choix était limité. Elle était très facile à vivre. Je me souviens qu'une femme enceinte – elle avait logé chez nous pendant quelques semaines – s'était plainte que la salade soit mal lavée. Antje aurait pu se fâcher, vu les circonstances dans lesquelles vivaient d'autres clandestins, mais elle s'est contentée de dire qu'on allait laver la salade une nouvelle fois. Elle était un peu désinvolte, sauf lorsqu'elle s'occupait d'un patient, auquel cas elle devenait terriblement pointilleuse. Du reste, elle a aidé cette femme à accoucher. Mien Lubbe était très différente, beaucoup plus grande qu'Antje et moi, et extrêmement maigre, ses cheveux blond foncé lui descendaient presque aux épaules. Nous avions quasiment toutes le même style de coupe. Je leur suis très reconnaissante à toutes les deux, mais j'ai toujours eu le sentiment que le courant ne passait pas entre Mien et moi. Bien sûr, notre travail commun pour la Résistance n'en pâtissait pas. Même si nous n'étions pas amies comme je l'étais avec Antje, j'ai quand même gardé le contact avec Mien après la Libération. Au cours de la dernière année de guerre, Antje et Mien ont caché dans leur grenier plusieurs réfractaires au travail forcé. Pour les avertir en cas de danger, elles frappaient sur les tuyaux métalliques qui montaient du rez-de-chaussée au deuxième étage. Elles étaient vraiment très courageuses.

Lorsque je me suis installée chez elles, Antje et Mien ne m'ont pas dit qu'elles étaient résistantes. Des médecins de l'hôpital de Leyde venaient à l'appartement pour dîner et parler d'actions clandestines. Les Juifs qui avaient fait une tentative de suicide à la suite des nouvelles mesures antisémites étaient transportés à l'hôpital. Parmi eux se trouvait mon cousin Iessy (Isaac) van Frank, un Juif pratiquant de 25 ans ; la vie lui était devenue tellement impossible qu'il avait essayé de se pendre. Après l'avoir sauvé, ces médecins lui ont trouvé une cachette, non seulement à lui, à sa femme et à ses enfants, mais aussi aux oncles et aux tantes de Leyde, à la cousine Carla et à la sœur d'Iessy, Klaartje van Frank – la cousine dont je portais jadis les vêtements retouchés par Mams. Ils ont tous survécu à la guerre.

Lors des dîners chez Antje et Mien, les médecins commençaient toujours par discuter de questions médicales, mais je remarquais qu'ils changeaient de sujet dès que je me levais pour me rendre à la cuisine, qui se trouvait assez loin, au bout du couloir. Un soir, Antje leur a raconté que je savais jouer aux échecs, et ils m'ont dit alors qu'un de leurs collègues, un professeur en médecine, aimerait beaucoup faire une partie avec moi. Je leur ai répondu que je n'étais pas très bonne, mais ils m'ont tout de même poussée à aller le voir. Ils ont organisé un rendez-vous la semaine suivante, si bien que je me suis mise à jouer aux échecs avec lui. Un jour, ils m'ont demandé de lui remettre un message au sujet d'une réunion et, lors de nos rendez-vous suivants, de l'informer que M. Untel se portait beaucoup mieux aujourd'hui ou que M. Untel n'allait pas bien et que le professeur devait passer lui rendre visite. Je n'y ai pas réfléchi plus avant, je ne pensais pas qu'il s'agissait de messages à double sens et je les transmettais avec plaisir. J'ai appris plus tard que les informations étaient codées et que le professeur, tout comme les autres médecins, faisait partie de la Résistance. Petit à petit, ils se sont mis à parler ouvertement de leurs activités et m'ont confié toutes sortes d'informations. Un soir, l'une des médecins, Els Mulheisen, m'a ainsi raconté qu'un certain nombre de résistants s'étaient fait arrêter et elle m'a nommé l'un d'eux, Joachim Simon, dit Shushu. Il faisait partie du groupe Westerweel, et aidait à organiser des voies d'évasion vers la Palestine en passant par la France et l'Espagne. Il s'est fait appréhender à son retour aux Pays-Bas, après avoir réussi à faire traverser la frontière à un groupe de fugitifs. Il a été emprisonné dans la maison d'arrêt de Breda. Il s'y est suicidé en sautant de la fenêtre du troisième étage, de peur de parler sous la torture. Après la Libération, un certain nombre de criminels de guerre allemands ont été enfermés dans cette même prison, dont les « Trois de Breda[1] ». Plus tard, je croiserai l'un des trois, Willy Lages, qui dirigeait le Sicherheitsdienst d'Amsterdam.

Els disait que la Résistance manquait d'effectif, surtout de jeunes femmes, et je lui ai répondu : « Je pourrais peut-être vous aider ? »

---

1. Criminels de guerre allemands condamnés à perpétuité et détenus dans la ville de Breda.

Les résistants avaient secouru Mams et Clara, en retour je voulais me rendre utile envers tous ces gens qui prenaient des risques insensés pour sauver les autres. Bob Jesse m'a prise à part et m'a prévenue que je courrais un grand danger parce que j'étais juive, mais je lui ai répondu que j'étais habituée à passer pour une non-juive et que j'aimerais beaucoup contribuer à l'effort général. C'est ainsi que je suis devenue agent de liaison. Les autres résistants ne savaient pas que j'étais juive, c'était plus sûr pour tout le monde. En fait, de nombreux Juifs ont participé à la Résistance aux côtés des non-Juifs – bien plus qu'on ne l'imaginait pendant la guerre. On pensait que la majorité des Juifs qui avaient échappé à la déportation se cachaient, mais ce n'était pas toujours le cas. Les Juifs n'avaient pas intérêt à être identifiés comme tels, ceci explique dans une certaine mesure pourquoi leur implication dans la Résistance reste largement sous-estimée. En outre, l'antisémitisme qui a régné après la guerre a certainement contribué à minimiser le rôle des Juifs dans les activités clandestines. À présent, au contraire, on pense que par rapport à la population juive d'avant-guerre, leur participation à la Résistance a été proportionnellement très importante. Je n'étais bien entendu pas la seule femme juive résolue à m'engager. De nombreuses personnes courageuses ont pris des risques énormes, et j'étais déterminée à faire tout ce que je pourrais.

Les différents réseaux de résistance n'entretenaient pas de contact entre eux, sauf en cas d'absolue nécessité. Chaque groupe se concentrait sur une activité précise. Elles étaient très variées et comprenaient la mise à disposition de bicyclettes, de cachettes, l'achat de billets de train, la fabrication de faux papiers d'identité pour aider les fugitifs. Certains groupes se livraient à des actes de sabotage et d'autres cherchaient à obtenir des informations. Je faisais partie d'une petite cellule de trois personnes dont Peter Vos – le pseudonyme de Bob dans la Résistance – était le chef, et qui outre moi-même comprenait aussi Jan Kraayenhof de Leur, un gentil jeune homme de mon âge, originaire comme moi de la ville d'Alkmaar. Nous agissions conjointement avec d'autres réseaux : les résistants catholiques du sud du pays, les résistants de la Frise et de la Gueldre, et le LO[2], l'Organisation nationale d'aide aux clandestins. Je suis devenue agent de liaison. Les jeunes femmes formaient un atout de poids pour la Résistance, car les Allemands se méfiaient beaucoup moins d'elles. J'ai parcouru les Pays-Bas, j'ai traversé la frontière pour me rendre en Belgique et en France en portant des valises bourrées de bulletins d'information illégaux, de tracts appelant à la grève, d'argent, de tickets de rationnement pour des clandestins et de faux papiers d'identité. Ils étaient destinés aux clandestins juifs, mais également aux

---

2. Landelijke Organisatie voor Hulp aan Onderduikers.

jeunes chrétiens qui se cachaient soit parce qu'ils avaient refusé de signer le serment d'allégeance au régime nazi, soit parce qu'ils étaient réfractaires au travail forcé.

Travailler pour la Résistance peut sembler excitant et effrayant, et ça l'était bien entendu, mais en même temps c'était aussi de la routine. Tout ce que je faisais était dangereux, mais les tâches que j'accomplissais étaient très banales – prendre le train, voyager en portant un sac ou une petite valise, apporter des documents à certaines personnes – je m'y étais tant habituée que cela s'est mué en une activité comme une autre. J'ai effectué ces travaux si souvent qu'ils sont devenus une seconde nature, comme de présenter des vêtements dans les boutiques de mode lorsque j'étais mannequin pour M. Mittwoch. Le plus surprenant, c'est que ma propre sécurité m'importait relativement peu. Je voulais aider à tout prix – c'est ce qui prédominait. De plus, il est impossible de vivre constamment dans la crainte. On s'habitue à tout, même à la peur. Il faut la mettre de côté et aller de l'avant. Mes activités mettaient ma vie en jeu chaque jour, mais je les accomplissais comme faisant partie de mon quotidien. Cela ne signifie pas que je n'éprouvais aucune peur, mais je ne la laissais pas me dominer – j'étais guidée par la volonté de m'opposer aux Allemands et d'aider les personnes en danger.

*

Quelques jours après leur avoir annoncé mon souhait de rejoindre la Résistance, Ann et Wim m'ont demandé d'accomplir ma première mission. Elle s'est avérée terrifiante. Je devais me rendre à la gare centrale d'Amsterdam, où Ann m'a confié une valise contenant des documents à livrer dans cinq villes différentes : Leyde, Dordrecht, 's-Hertogenbosch (Bois-le-Duc), Maastricht et Eindhoven. Je sortais du train à Leyde et je m'apprêtais à quitter le quai, mais la nervosité me gagnait : comme la plupart des gares, celle-ci était pourvue d'un poste de contrôle, où se tenaient quatre officiers, deux Allemands et deux Néerlandais. Ils m'ont arrêtée. L'un des militaires m'a demandé :

— Que contient cette valise ?
— Des documents.
— Ouvrez-la !

Mon cœur battait à tout rompre. Sûre de me rendre suspecte, je me suis mise à trifouiller les fermoirs dont j'ignorais le fonctionnement. J'ai fini par réussir à ouvrir la valise, mais je n'avais aucune idée de ce qui s'y trouvait. Elle contenait cinq paquets enveloppés dans du papier kraft et portant les lettres L, D, H, M et E. Je pensais que ma dernière heure avait sonné, mais à ma grande surprise, l'un des officiers allemands m'a dit que c'était bon et que je pouvais passer. Je suis partie aussi vite que j'ai pu sans avoir l'air de m'enfuir. Une fois sortie de la gare, j'ai été prise de tremblements incontrôlables et j'ai eu terriblement mal au ventre. Dans les mois qui ont suivi, j'ai maintes fois souffert de ce symptôme de la peur.

Quand je suis revenue à la maison, Antje et Mien m'ont dit que j'étais verdâtre et m'ont demandé ce qui s'était passé. Mien m'a servi un verre d'alcool fort. J'en avais besoin. Le lendemain, j'ai accompli ma mission avec succès.

Une autre fois, Ann est venue à ma rencontre à la gare centrale d'Amsterdam chargée d'une énorme valise. Elle l'a placée dans le porte-bagages situé en face de mon siège, de sorte que je puisse la surveiller, mais aussi, si besoin, nier qu'elle m'appartienne. Une femme s'est assise en face de moi et m'a souri. Nous avons bavardé un peu. Le train s'est arrêté dans plusieurs gares et après La Haye je suis allée aux toilettes. En revenant, j'ai cru que je m'étais trompée de compartiment : la valise avait disparu. Pourtant, je savais que j'étais au bon endroit, puisque la dame était toujours là. Où diable était passée cette valise ? On l'avait forcément volée, mais comme je ne voulais pas attirer l'attention, il n'était pas prudent de demander à la femme si elle avait remarqué quelque chose. Elle s'est aperçue de mon désarroi et m'a demandé : « Vous avez perdu votre bagage ? »

Je l'ai immédiatement détrompée, mais j'avais certainement l'air désemparée, car elle ne m'a pas crue. Lorsque le train s'est arrêté à Rotterdam, elle a sorti la tête par la fenêtre pour appeler un contrôleur : « On a volé la valise de cette jeune femme ! »

Cela partait bien sûr d'un bon sentiment, mais j'aurais pu l'étrangler ! Un officier allemand s'est avancé vers moi.

« Raus ! » m'a-t-il dit en me faisant signe de descendre du train.

J'ai prié le ciel que personne n'ait retrouvé la valise. Une fois sur le quai, l'officier m'a demandé où je l'avais mise et ce qu'elle contenait. Je lui ai répondu la première chose qui m'est venue à l'esprit : « des sous-vêtements ». Et comme cela semblait un peu bizarre, je me suis empressée d'ajouter : « et d'autres affaires ».

C'est alors qu'un contrôleur a sifflé le départ, après un retentissant : « Fermez les portes ! »

Le train s'est ébranlé. Par chance, l'officier allemand a été demandé ailleurs. Il m'a ordonné de ne pas bouger, mais je me suis mise à courir dès qu'il a eu le dos tourné et j'ai sauté dans le train en marche. Lorsque nous sommes arrivés en gare de Dordrecht, je m'apprêtais à sortir du wagon pour prendre la correspondance en direction de Maastricht lorsque le contrôleur m'a arrêtée : « Vous êtes bien la jeune fille qui a perdu sa valise ? Que contient-elle ? »

J'ai répété qu'elle contenait des vêtements et sous-vêtements. Il m'a tendu une petite valise, qui n'était pas la mienne, et m'a demandé : « C'est celle-là ? »

Il l'a ouverte et j'ai vu qu'elle était pleine de vêtements.

Comme je voulais absolument m'en aller, je lui ai répondu : « Oui, c'est bien ça. Merci ! »

Et je suis partie en emportant la garde-robe d'une autre.

Une fois à Dordrecht, j'ai couru au bureau de poste envoyer un télégramme pour Ann, à l'adresse de son frère. Je lui ai raconté en langage codé que le transport des documents avait échoué, puis je suis rentrée chez moi, à Leyde. Ann est venue à la maison le lendemain et a beaucoup ri de ma mésaventure. D'après elle, le voleur pensait que la valise contiendrait des vêtements. Elle m'a demandé de ne pas sortir pendant un certain temps, au cas où la police ou la Gestapo afficheraient ma photo et un procès-verbal de l'affaire. Nous avons appris plus tard que la valise avait été retrouvée dans un petit canal. Les documents devaient encore s'y trouver, gorgés d'eau. Nous nous sommes beaucoup amusées en imaginant le choc du voleur lorsqu'il a ouvert la valise et qu'il s'est rendu compte du danger qu'il avait couru en transportant tous ces documents illégaux.

Un soir, on a sonné à notre porte après 20 heures, le moment où le couvre-feu entrait en vigueur. C'était toujours inquiétant, puisque personne n'était censé être dehors à cette heure-là. Antje s'est cachée derrière les rideaux et a jeté un coup d'œil prudent vers la rue ; elle y a aperçu une voiture avec des hommes du Sicherheitsdienst. Lies et moi avons alors couru dans la chambre de Mien. Un compartiment de rangement était aménagé de part et d'autre dans la grande armoire double, au-dessus de la penderie. C'est là que nous nous sommes cachées. Nous étions en position fœtale, les genoux pliés et la tête sur la poitrine. L'espace était minuscule, nous y tenions à peine. Heureusement que j'étais petite et mince. Je n'ai pas bougé d'un millimètre, même lorsque j'ai eu des fourmis dans les jambes et que ma nuque est devenue si raide que j'avais l'impression qu'elle était brisée. J'étais terrorisée ; pour m'aider à tenir bon, je me suis raconté que c'était un jeu. Que nous étions des enfants qui jouaient à cache-cache.

Mien, qui était maline, avait élaboré un plan et s'était rapidement déshabillée. Lorsque l'Allemand est entré dans la chambre, il s'est senti si gêné par sa nudité qu'il s'est contenté de jeter un coup d'œil superficiel sur la pièce avant de repartir au plus vite. Je ne sais pas où grand-père Weill s'était caché, mais aucun d'entre nous n'a été vu. Je n'avais plus de sensations dans la nuque ni dans les jambes lorsque Mien nous a annoncé que la voie était libre, mais mon soulagement était immense. Je ne sais pas si j'aurais été capable de garder encore longtemps cette position. Mien a mis une chaise devant la penderie et nous a aidées à descendre. Nous avions du mal à étirer nos jambes, mais la cachette avait prouvé son efficacité, et nous étions contentes d'avoir un endroit où nous dissimuler dans l'appartement. Les choses auraient pourtant pu mal tourner si Mien n'avait pas été aussi inventive.

Notre maison et celle d'à côté appartenaient à notre voisine, Mme Christiaansen. Deux jeunes gens se cachaient chez elle. Le premier était juif, mais je l'ignorais, car Mme Christiaansen me l'avait présenté comme son neveu ; le second s'appelait Wil, c'était un jeune catholique de la Gueldre. Wil et moi avons fait connaissance parce que nous nous sommes penchés au même moment par la fenêtre, c'est ainsi que nous avons engagé la conversation. Il avait refusé de signer la déclaration d'allégeance au régime allemand, qui était obligatoire pour étudier à l'université. Il aurait par conséquent dû être envoyé dans un camp de travail, mais il avait choisi d'entrer dans la clandestinité. Nous sommes devenus amis. Au cours de l'une de mes visites, nous avons pris une photo dans le jardin : moi, les jeunes voisins et les fils de Mme Christiaansen. Nous n'étions pas conscients de notre imprudence. Des années plus tard, ma cousine Carla m'a montré un livre sur la ville de Leyde durant la guerre, et je suis tombée sur cette photo. Elle m'a ramenée dans le jardin de

Mme Christiaansen. J'ai lu la légende ; les noms des garçons y figuraient, mais moi j'étais une « clandestine inconnue ».

Wil venait souvent chez nous. Nous montions alors au grenier nous allonger sur un tapis pour écouter les émissions radio anglaises de la BBC. C'était interdit, mais cela nous était égal. Nous sommes tombés amoureux. Lorsque nous n'écoutions pas la radio, nous nous embrassions. Nous n'avions rien d'autre à faire pendant ces longues journées d'ennui durant lesquelles je n'étais pas en mission pour la Résistance. C'était mon premier petit ami et j'ai profité pleinement de notre amour, jusqu'au jour où sa mère est apparue sur le perron, accompagnée d'une jeune fille qui s'est avérée être la fiancée de Wil. Mme Christiaansen avait peut-être parlé de notre liaison aux parents de Wil, et sa mère était venue me signifier qu'il n'était pas libre. J'étais bouleversée et terriblement fâchée contre Wil – il ne m'avait jamais parlé d'une petite amie et encore moins d'une fiancée. Je me suis montrée très froide envers lui après cette visite, mais tout n'était pas encore fini entre nous et, petit à petit, nous nous sommes de nouveau rapprochés. Cela n'avait rien d'étonnant, nous étions jeunes et désœuvrés. Cependant, nous avons mis fin à notre relation lorsque j'ai déménagé à Utrecht. C'était mon premier amour, mais nous n'avions aucun avenir commun, et mes sentiments pour lui n'étaient pas assez profonds pour que je reste à Leyde.

*

Un jour, Wim Storm m'a demandé si je pouvais lui rendre un service. Il avait aidé ma cousine Zetty à trouver une cachette à Leyde. Elle était seule. Son époux, Émile, avait été officier dans l'armée néerlandaise et il combattait à la frontière allemande au moment de la capitulation. Il avait d'abord été renvoyé à la maison, mais plus tard certains officiers ont été regroupés pour servir d'otages. Les militaires juifs ont été séparés des autres et envoyés dans des camps de concentration, surtout à Auschwitz, où ils ont trouvé la mort. Émile n'est jamais revenu. Leur bébé, la petite Evalientje, est née le 15 avril 1942 et a été placée dans une famille catholique. On raconte qu'elle a été déposée comme une enfant trouvée devant la porte d'une famille d'Oegstgeest. Wim m'a demandé d'apporter une photo d'Evalientje à Zetty, mais je n'avais pas le droit de lui révéler où se trouvait sa fille. J'ai donc enfourché mon vélo pour me rendre dans sa nouvelle famille, des gens adorables. Evalientje prenait sa mère adoptive pour sa véritable mère, et cela n'a jamais changé. Elle avait passé ses premières années dans cette famille, des moments essentiels. Le couple avait également deux fils qu'Evalientje considère toujours comme ses frères. Après la guerre, il lui a été très difficile d'habiter à nouveau avec Zetty. Elle devait renoncer à sa mère adoptive qu'elle aimait beaucoup et, de plus, troquer une existence plutôt confortable pour une vie de misère, car Zetty était pauvre. Plus tard, Zetty s'est rendu compte qu'elle n'aurait pas dû inscrire

Evalientje dans une école juive, dont un grand nombre d'élèves étaient orphelins de guerre. C'est perturbant pour un enfant. Malheureusement, la mère et la fille n'ont jamais réussi à construire une relation normale et affectueuse. Il n'était pas rare que les enfants juifs préfèrent les parents adoptifs, qui les avaient sauvés, à leur propre famille. Après la guerre, ils sont parfois restés dans leur famille d'adoption, au grand chagrin des parents biologiques ; certains, comme Evalientje, sont revenus chez eux mais n'y ont jamais été heureux. Sans compter, bien sûr, les nombreux enfants dont les parents ne sont pas revenus des camps et qui ont été adoptés pour de bon. Ce fut le cas pour Janny, Levi et George, les enfants de David et Riekie, le frère et la belle-sœur de Zetty.

Je me suis donc rendue à l'adresse de la famille adoptive d'Evalientje pour récupérer une photo de la petite, puis je suis allée voir Zetty. Nous étions ravies de nous revoir, elle était folle de joie d'avoir la photo et d'entendre des anecdotes sur sa fillette. Zetty se cachait chez une femme dont le mari était également officier et qui avait été fait prisonnier au même titre qu'Émile. Mais comme il n'était pas juif, il avait échappé à la déportation et était détenu en Allemagne. La femme avait besoin de l'argent qu'elle recevait pour cacher Zetty, mais elle n'était pas aimable. Elle interdisait à Zetty de quitter sa chambre. La pauvre y est donc restée enfermée pendant des mois sans parler à qui que ce soit, à l'exception des quelques mots échangés avec sa logeuse quand elle lui apportait les repas. Zetty n'avait pas le droit de bouger lorsque la belle-mère venait en visite, de peur qu'elle n'entende du bruit et pose des questions. Apparemment, cette belle-mère n'aimait pas les Juifs. Les conditions de vie de Zetty étaient loin d'être idéales, mais ceux qui acceptaient d'héberger des clandestins devaient être prudents pour ne pas être découverts et arrêtés.

Je suis souvent allée voir Zetty. À cette époque, j'essayais de ne pas oublier ce que j'avais appris au lycée, de faire des exercices et d'augmenter mes connaissances en mathématiques et en langues. Lorsque Zetty – qui avait dix ans de plus que moi – l'a su, elle a proposé de m'aider. Nous avons passé de longues heures à étudier l'anglais, le français et les mathématiques. J'ai emprunté des livres au professeur avec lequel j'avais fait des parties d'échecs et à qui j'avais transmis mes premiers messages clandestins. Cette période relativement agréable a pris fin lorsque l'époux de la femme qui cachait Zetty a été libéré et est revenu chez lui. À présent que son fils était rentré, sa mère venait encore plus souvent en visite et la présence de Zetty devenait trop risquée, elle a donc été transférée à une autre adresse, à Utrecht. Je ne l'ai pas revue pendant un certain temps.

*

Après avoir effectué plusieurs missions pour Wim et Ann, j'ai eu Bob Jesse pour interlocuteur principal. Je le connaissais déjà, bien sûr, parce qu'il était l'époux de Dientje, l'amie qui m'avait prêté son uniforme d'infirmière et qui avait emmené le bébé de Riekie en lieu sûr. Bob était un homme très gentil et qui aimait parler, mais c'était surtout un organisateur né. Il se consacrait nuit et jour à la Résistance. Il était très méticuleux. Il possédait une belle écriture et notait toutes sortes de données dans son agenda afin de ne rien oublier. Lorsqu'il me confiait une mission, il venait m'en préciser les instructions, mais une mission à la fois. Je devais parfois transporter des documents, d'autres fois de l'argent. Il m'arrivait de voyager en cachant une enveloppe contenant des milliers de florins sous mes vêtements.

Un jour, Bob m'a demandé de me rendre à Haarlem, dans la maison de Frans et de Henny Gerritsen. Frans falsifiait des passeports et des papiers d'identité pour des gens qui voulaient échapper aux nazis. Les documents dont il se servait pour ses faux avaient diverses provenances. Parfois, ils étaient volés dans les mairies ou chez des particuliers. Il arrivait que certaines personnes très dévouées à la cause nous offrent leurs papiers d'identité avant de les déclarer perdus à l'administration. D'autres demandaient de l'argent en échange. Les fonctionnaires qui soutenaient la Résistance nous procuraient des pièces d'identité vierges et des carnets de tickets de rationnement. Il fallait bien sûr remplacer les photos des pièces d'identité à modifier. La méthode était plutôt primitive au début, mais Frans Gerritsen était artiste et avait travaillé en tant que graphiste. Il habitait à Amsterdam avant la guerre, sur la Amstellaan, à quelques maisons de l'appartement de Bob et Dientje. Ils étaient devenus amis, et Bob avait demandé à Frans d'utiliser ses talents artistiques pour dessiner le tampon allemand sur les nouvelles photos. Il le reproduisait particulièrement bien, et c'est ainsi qu'il s'est trouvé impliqué dans la Résistance.

Frans et Henny hébergeaient une réfugiée allemande : Paula Kaufman. Elle était très brune et avait l'air vraiment juive, il valait donc mieux qu'elle ne fasse pas les courses, ni qu'elle ouvre la porte lorsqu'on sonnait. Comme les activités de Frans étaient dangereuses, il avait mis Henny et leur nouveau-né en sécurité chez ses parents à Zeist. J'ai donc habité chez eux pendant un certain temps pour faire les courses et ouvrir la porte. Paula s'occupait du ménage et de la cuisine. Elle aidait aussi à falsifier les documents d'identité. Elle humectait précautionneusement l'ancienne photo jusqu'à ce qu'elle se détache et y collait la nouvelle avec un soin extrême ; Frans dessinait ensuite le tampon requis. Au bout d'un moment, Paula a su, elle aussi, très bien dessiner les différents types de tampons. J'ai appris également à le faire, mais j'étais beaucoup moins douée que Paula.

Cheveux blonds : dans la Résistance

Je rentrais souvent dormir « à la maison » à Leyde, mais je passais parfois la nuit à Haarlem, surtout lorsqu'il y avait des réunions, par exemple celles du groupe Westerweel, dont faisaient partie Bob, Jan Kraayenhof de Leur et moi. Joop Westerweel et son épouse Wil étaient pacifistes, socialistes et enseignaient au « Werkplaats », une école progressive créée à Bilthoven par le pédagogue Kees Boeke, où Frans avait été quelque temps professeur d'arts plastiques. Joop et Wil avaient quatre enfants, ils ont néanmoins pris le risque d'héberger des clandestins juifs. Ils s'étaient rapprochés d'un groupe de jeunes sionistes allemands, des jeunes filles et des jeunes hommes venus se réfugier aux Pays-Bas avant la guerre pour suivre une formation agricole en vue d'émigrer en Israël. C'est ainsi qu'ils avaient fait la connaissance de Paula Kaufman, qui appartenait à ce groupe. Avec ses collègues, Joop avait mis en place une filière d'évasion qui passait par la Belgique et la France pour aller vers la Suisse neutre ou vers l'Espagne et qui avait pour destination la Palestine ; il a sauvé ainsi plus de deux cent cinquante Juifs. Il a été arrêté en mars 1944 alors qu'il passait la frontière belge avec un groupe de réfugiés juifs et il a été fusillé en août 1944 dans le camp de concentration de Vught. Il n'a livré aucune information sur son réseau, même sous la torture. Wil a également été arrêtée et internée à Vught – elle s'y trouvait en même temps que moi. Elle a pu voir son époux avant son exécution, en sachant ce qui l'attendait. Le matin de sa mort, Joop a composé un poème dont l'avant-dernière strophe est devenue célèbre au Pays-Bas : « Peu importe à présent / Que je survive ou périsse / Je sens le miracle sacré / Je sais que la Vie est riche[3]. » Je me demande souvent comment certaines personnes ont fait pour endurer de si terribles épreuves alors qu'elles se trouvaient dans une situation où l'instinct de survie devait prendre le pas sur le deuil, mais elles n'avaient pas le choix. Wil a été déportée à Ravensbrück en septembre, nous étions dans le même convoi et nous avons partagé un lit superposé dans le camp de concentration. Elle est revenue aux Pays-Bas après la guerre. Plus tard, en Israël, une vaste forêt a reçu le nom de Joop Westerweel, en reconnaissance de son activité. L'un des arbres de cette forêt a été planté en mon nom. Ce fut un grand honneur pour moi.

Les réunions de ce groupe duraient souvent jusque tard dans la nuit, et certaines personnes dormaient à Haarlem. Le couvre-feu de 20 heures s'appliquait à tout le monde, sauf si l'on possédait un *Ausweis*, un sauf-conduit qui vous autorisait à vous trouver dans la rue. La Résistance avait réussi à me procurer un tel laissez-passer, mais je ne voulais pas attirer l'attention en me promenant seule la nuit dans les rues – sauf si je n'avais pas d'autre solution. Bob et Dientje dormaient dans le lit d'appoint, Frans

---

3. « *Al ga ik op of onder / het blijft mij nu gelijk. / Ik voel het heilig wonder / Ik weet het leven rijk.* »

et Paula dans leurs propres chambres. Les autres, dont moi-même et Coert Reilinger – un camarade de la Résistance que je rencontrerai à nouveau après la guerre – dormions sur des coussins à même le sol. Un soir, la sonnette a retenti en pleine réunion. Une douzaine de personnes étaient présentes. Frans, Paula et moi avons saisi par les quatre coins la nappe sur laquelle se trouvaient les assiettes, les tasses et les couverts, et avons flanqué l'ensemble dans un placard. Tout le monde s'est précipité à l'étage pour se cacher, qui dans une pièce, qui dans une armoire. Frans a ouvert la porte quelques minutes plus tard. Il s'agissait d'un employé de la défense antiaérienne qui pensait avoir vu un rai de lumière, pourtant rien ne filtrait – Frans fermait toujours soigneusement les rideaux opaques. Il connaissait l'employé de la défense antiaérienne, car c'était son voisin et il savait que c'était un sympathisant nazi. Nous avons compris qu'il convenait d'être extrêmement prudents, et le lendemain nous avons quitté la maison à bon intervalle les uns des autres.

Lorsque nous ne restions pas dormir, nous partions toujours avant 20 heures. Joop Westerweel me demandait parfois de marcher avec lui jusqu'à la gare. Il aimait être en société et c'était un homme très intéressant, mais je préférais ne pas être vue en sa compagnie parce qu'il s'habillait de façon excentrique. Il était trapu et portait un long manteau, un grand chapeau et des sandales brunes. Il lui arrivait de voyager avec de faux papiers dans un compartiment réservé à la Wehrmacht pour tenter de convertir les soldats allemands à ses opinions antifascistes. Il attirait l'attention, et c'était dangereux. J'essayais de me fondre dans la foule et j'étais toujours soulagée lorsque nous reprenions chacun notre chemin en nous dirigeant vers nos quais respectifs.

Frans s'absentait régulièrement pour effectuer des missions dangereuses pour la Résistance. Il s'introduisait dans des commissariats de police ou dans des camps de concentration néerlandais pour sauver des prisonniers. Il volait également des documents, en général des cartes d'identité ou des tickets de rationnement. Un soir, alors qu'il était en mission d'infiltration dans un centre de détention, on a sonné à notre porte après le couvre-feu. J'ai ouvert prudemment et je me suis retrouvée face à un employé de la défense civile en uniforme.

« Je vois de la lumière à l'étage », a-t-il affirmé en me poussant pour grimper rapidement l'escalier. Mais comme tout était en ordre, il est redescendu et s'en est allé. Paula, qui se trouvait dans sa chambre au grenier, est arrivée au rez-de-chaussée, blanche comme un linge, et m'a dit qu'il avait dû voir que l'échelle escamotable menant aux combles était dépliée.

Je lui ai répondu : « Et alors ? Quelle importance ? »

Elle m'a appris à ce moment-là qu'un garçon de 18 ans environ se cachait dans les combles. Il s'appelait Norbert Klein, c'était un réfugié allemand à moitié juif qui faisait partie du groupe Westerweel. Il avait été arrêté en 1943 et emprisonné par le Sicherheitsdienst, puis incarcéré dans le service psychiatrique d'un hôpital d'Amsterdam, le « Wilhelmina Gasthuis ». Frans avait réussi à le libérer en plaçant une échelle contre la fenêtre des toilettes. Il lui avait construit ensuite une petite chambre derrière le mur du grenier, assez grande pour qu'il puisse s'y tenir allongé. L'employé de la défense aérienne avait surgi alors que Paula venait de lui apporter son dîner. Nous avons discuté des mesures à prendre et, le lendemain matin, nous avons envoyé un télégramme comportant un avertissement en langage codé aux beaux-parents de Frans. Le même soir, on a frappé doucement contre le carreau à l'arrière de la maison. C'était Frans. Il était déjà monté sur le toit, près de la cachette de Norbert, pour voir comment il se portait. Norbert lui avait assuré qu'il allait bien. Lorsque nous avons relaté à Frans les événements de la veille, il m'a demandé de passer quelques jours à Leyde, pour plus de sûreté. Il a contrôlé l'opacité des rideaux, mais il n'a rien remarqué d'anormal. Je lui ai dit que la lumière de la lampe de Norbert transparaissait peut-être à travers les tuiles, mais Frans m'a répondu que c'était impossible, qu'il avait bien isolé la pièce. Il est incroyable que je n'aie jamais soupçonné la présence de Norbert dans les combles, alors que je venais dans cette maison depuis des mois ! Paula avait dû être infiniment prudente et lui apporter ses repas lorsque je faisais les courses. Il valait mieux ignorer les secrets des uns et des autres au cas où nous serions arrêtés et torturés.

À la suite de cet incident, et par mesure de précaution, Dientje a provisoirement hébergé Norbert chez elle à Amsterdam. Je l'ai revu un an plus tard. J'avais déménagé à Utrecht entre-temps. Dientje m'a proposé de passer un long week-end dans sa caravane, près d'Arnhem. À ma grande surprise, Norbert était de la partie, il vivait depuis un certain moment dans un village proche. Dientje venait souvent lui rendre visite. J'ai appris plus tard qu'il était amoureux d'elle. Elle m'avait invitée en espérant qu'il se sente attiré par moi, mais nous n'éprouvions rien l'un pour l'autre. Il a survécu à la guerre, mais il était devenu très instable psychiquement. Il était tellement fragile qu'il a passé le reste de sa vie dans une maison de santé à Amersfoort. Frans lui rendait visite régulièrement après la guerre. Moi aussi, je suis allée le voir. Il faisait mal au cœur ; il ne savait plus où il était, ni ce qui lui était arrivé, il n'avait qu'une trentaine d'années mais semblait complètement sénile. Il est devenu âgé. À sa mort, Frans, qui toute sa vie est resté proche de lui, s'est occupé de ses obsèques.

*

Un jour, on m'a chargée de remettre une enveloppe à un prêtre à Heerlen. Le voyage en train était long, mais il s'est bien déroulé et j'ai passé le poste de contrôle sans encombre. Après avoir quitté la gare, je me suis mise en route pour le presbytère. En approchant, j'ai vu un jeune homme sortir de la demeure. Une enveloppe dépassait de la poche de son imperméable. Était-ce aussi un agent de liaison ? Je n'arrivais pas à croire qu'il soit si imprudent et je me demandais avec angoisse si la Gestapo surveillait la maison ; l'enveloppe était facile à repérer et pouvait éveiller les soupçons. J'ai décidé d'être extrêmement vigilante et au lieu de me rendre directement au presbytère j'ai marché jusqu'au bout de la rue, puis je suis revenue lentement sur mes pas. On ne savait jamais qui pouvait vous observer. Je tremblais encore lorsque j'ai sonné. J'ai donné l'enveloppe et je suis repartie pour Leyde aussi vite que possible. La prudence et le soupçon étaient devenus une seconde nature.

Un autre jour, on m'a demandé d'aller à La Haye pour y livrer des tickets de rationnement et de l'argent. J'ai mis longtemps à trouver l'adresse où les remettre. Il s'agissait d'une maison mitoyenne typiquement néerlandaise, aux grandes fenêtres habillées de beaux rideaux et dont les rebords étaient ornés de pots de fleurs. J'ai sonné et une femme sympathique, sans doute la propriétaire, m'a invitée à entrer. Deux jeunes enfants, un garçon et une fille, s'amusaient avec des jouets sur le sol du salon. Ils étaient très sages et je me suis demandé qui ils étaient.

Une femme que je pensais être leur mère cousait, assise sur une chaise. Nous avons discuté un peu de la pluie et du beau temps et des nouvelles du jour. Bien entendu, il était interdit de parler de choses personnelles. Les enfants me faisaient de la peine. Ils ne pouvaient pas sortir pendant cette splendide journée d'été. La femme était blonde et ne ressemblait pas du tout à une Juive. Après la guerre, Bob ou Wim m'a raconté qu'elle était l'épouse d'un professeur juif. Il avait dû se cacher, et les enfants sont eux aussi entrés en clandestinité, de peur que les Allemands ne les déportent. C'est terrible de devoir renoncer à une vie normale et d'être obligé de rester constamment sur ses gardes. Je me suis souvent demandé quelles ont été les répercussions à long terme sur leur vie.

Je me faisais bien sûr aussi du souci pour ma propre famille. Mams et Clara se trouvaient toujours à Eindhoven. Elles s'y cachaient et cela coûtait cher ; il fallait payer la dame qui les hébergeait. J'ai su dès leur départ qu'elles étaient à Eindhoven, mais c'est seulement quand je suis entrée dans la Résistance qu'Ann m'a confié leur adresse. Elle s'y était rendue régulièrement pour payer la logeuse. Dans un premier temps, il s'agissait de l'argent que papa avait confié aux Jongeneel, mais lorsqu'il a été épuisé, c'est la Résistance qui a pourvu aux frais. Lorsque je suis devenue agent de liaison, on m'a demandé d'apporter les tickets de rationnement et l'argent pour ma mère et ma sœur, afin que je puisse les rencontrer. Je les ai revues pour la première fois en février 1943, quatre mois environ après leur entrée en clandestinité. C'était merveilleux de leur parler à nouveau et de passer du temps avec elles. Nous nous sommes embrassées. Nous avons discuté des événements en cours et évoqué des souvenirs. Nous n'avons pas mentionné l'avenir. J'ai partagé le lit double avec Mams, Clara dormait dans le lit simple qui se trouvait dans la même pièce. Au moment de nous quitter, nous nous embrassions fort chaque fois en disant : « Porte-toi bien, sois prudente et à la prochaine fois ! » Qui sait, c'était peut-être notre dernière rencontre. Nous étions toutes les trois conscientes de pouvoir être arrêtées à tout moment. Je suis allée les voir tous les mois. Finalement, notre quatrième entrevue fut aussi la dernière.

Leur logeuse avait aussi accueilli dans sa maison un vieil homme juif à qui elle avait attribué la chambre de son jeune fils. Le garçon devait à présent partager un grand lit avec sa mère et ses deux sœurs. Par-dessus le marché, la mère recevait tous les soirs la visite d'un soldat allemand, qui était son amant. Cette situation m'angoissait, et j'ai confié à Ann que je me faisais beaucoup de souci. Serait-il possible de trouver une autre adresse pour Clara et Mams ? Ann m'a répondu qu'il serait trop dangereux, voire impossible, de les déplacer. À ce moment-là, les SS contrôlaient étroitement la gare d'Eindhoven et toutes les voies d'accès vers la ville. De plus, elle trouvait plutôt positif qu'un soldat allemand se rende chaque soir dans la maison – ainsi personne ne se poserait de questions sur d'éventuels clandestins. J'en doutais fort. Je craignais que l'un des trois enfants qui partageaient le lit de la mère ne fasse une gaffe à l'école, et je tremblais que Mams et Clara ne soient découvertes. Mais que faire ? Je devais m'incliner.

Mes inquiétudes étaient fondées. J'ai reçu une carte postale de Dientje à la fin du mois de juin 1943, alors que ma mère et ma sœur étaient en clandestinité depuis neuf mois : *Fem et Clara sont très malades. Viens me voir.* Ce langage codé annonçait des nouvelles graves. J'étais bouleversée. Mien m'a accompagnée à Amsterdam pour me soutenir. Dientje m'a donné la carte que Mams avait envoyée depuis Westerbork. Elle demandait une brosse à dents et du dentifrice. C'était certainement un moyen de nous apprendre qu'elle était internée dans le camp de concentration. Je suis passée chez Greet Brinkhuis, à qui j'avais confié nos grands sacs à dos contenant les affaires de première nécessité, et je les ai rapportés chez Dientje. Nous les avons envoyés à Westerbork. Je suis revenue à Leyde, rongée d'angoisse et désespérée. Je me sentais complètement perdue, j'ai pleuré des nuits entières. Je n'ai plus jamais eu de nouvelles de Mams ni de Clara. Plus tard, j'ai appris qu'elles avaient été directement déportées à Sobibor, où elles ont été assassinées dès leur arrivée. D'après les registres, leur date de décès est le 2 juillet. Ma mère avait 53 ans, Clara en avait 15.

Photo de passeport, Barend Velleman, papa, vers 1931.

Photo de passeport, Femmetje Spier, Mams, vers 1942.

Mams, papa, Selma (4 ou 5 ans), David (13 ans)
et Louis (15 ans, debout), vers 1926.

Légende d'une photo illustrant un article de journal : « Quelle belle expérience : boire du lait à la paille ! Les visages des écoliers révèlent sur-le-champ qu'ils y prennent du plaisir… » Clara se trouve au premier plan, 24 janvier 1939.

Selma et Clara. Diemen, vers 1930.

De gauche à droite : Femmetje (Mams),
Clara, Jo Grobfeld, Selma. Diemen, 1930.

De gauche à droite : Selma, Jo Grobfeld, Frieda Twelkemeyer.
Amsterdam, 3 juin 1937.

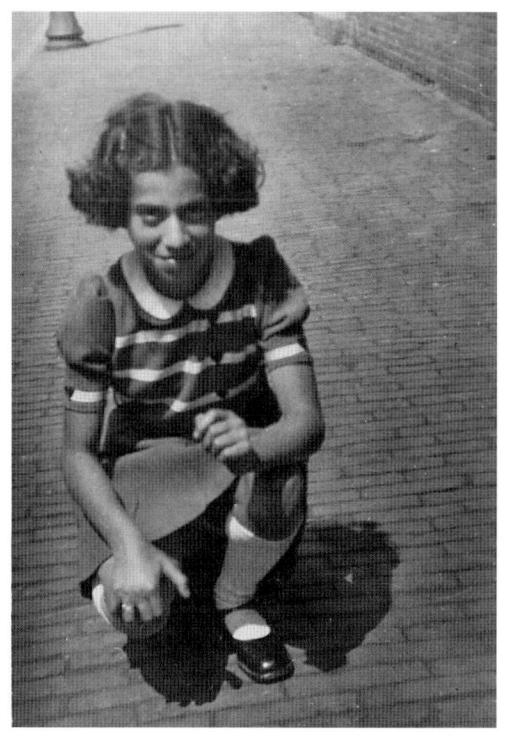

Clara (11 ans) dans la Jan Lievensstraat. Amsterdam, 1939. Photo prise par Selma à l'aide de son appareil photo Lumière.

Selma (à gauche) le jour de son anniversaire, en compagnie de sa cousine Janni (au centre) et Emily (décédée en 1943). Jan Lievensstraat, Amsterdam, juin 1940.

David, le frère de Selma, en uniforme. Londres, vers 1940.

Louis, le frère de Selma, en uniforme, 11 octobre 1941.

Mams, papa, Clara, Selma (à droite). Amsterdam, octobre 1941.

Selma dans la clandestinité. Oude Singel à Leyde, mai 1943.

Message de Selma à Greet Brinkhuis jeté du train durant le trajet du camp de Vught au camp de concentration de Ravensbrück, le 6 septembre 1944. La lettre a été trouvée et envoyée par « M. Zoete », que Selma a essayé en vain de retrouver après la guerre. Elle a rencontré beaucoup de personnes portant ce patronyme, mais elle n'a jamais pu le remercier.

Enveloppe ayant contenu la lettre adressée à Mlle Greet Brinkhuis.

Selma (rangée du bas, au centre), Dit Kuyvenhoven, Thea Boissevain et des connaissances suédoises. Äppelviken, Suède, 24 juin 1945.

Premier vol depuis la Suède pour les Pays-Bas après la Libération. Deuxième à gauche, Dit Kuyvenhoven, et sixième en partant de la gauche, Wil Westerweel. Schiphol, été 1945.

Certificat de l'Inspection pour le rapatriement d'Amsterdam, août 1945. « Selma Velleman. Amsterdam, 07-06-1922. Yeux : marron clair. Cheveux : blond moyen. »

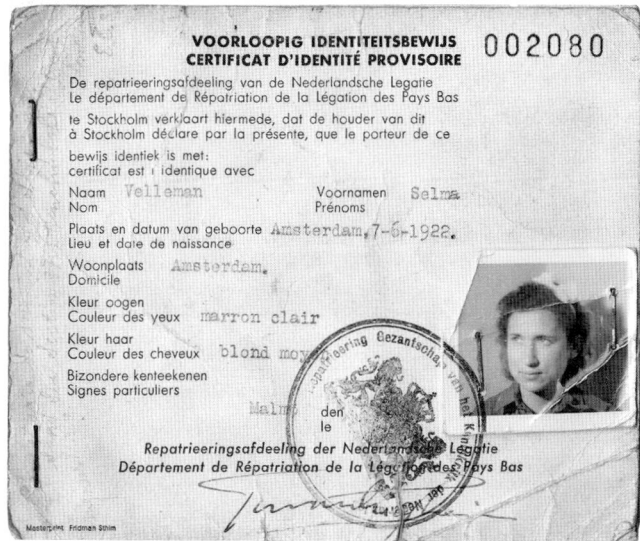

David, Selma,
M. et Mme Jongeneel
(fils de la famille chez
laquelle David a été
cantonné quelques
mois durant la guerre).
Middelbourg,
septembre 1945.

Le 14 novembre 1945,
Selma part pour Londres
à la demande du ministère
de la Guerre.

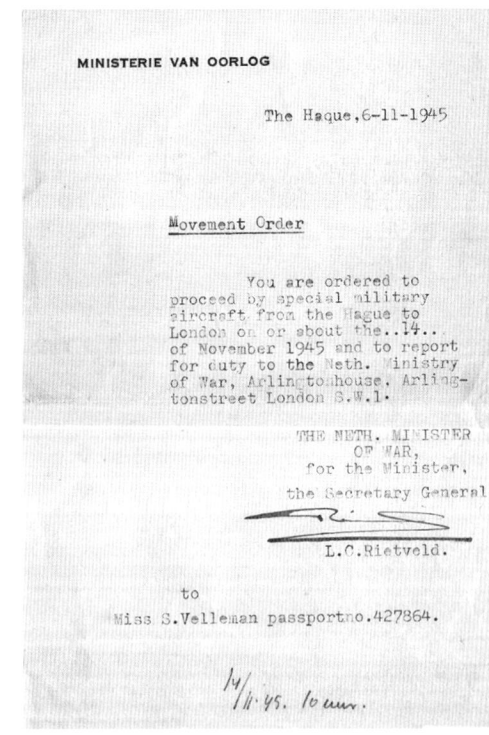

Départ pour Londres, 1945.

Selma peu après son arrivée à Londres (tenue reçue en Suède à la fin de la guerre), 1945. Photo prise par son frère Louis.

Selma à Londres, 1949.

Tennis au Lincoln's Inn en compagnie de deux amies de la BBC (Selma, au centre). Londres, 17 avril 1949.

Photo de mariage de Selma et Hugo. Londres, 15 novembre 1955.

Selma, lors de la remise de diplôme (enceinte). Londres, mai 1957.

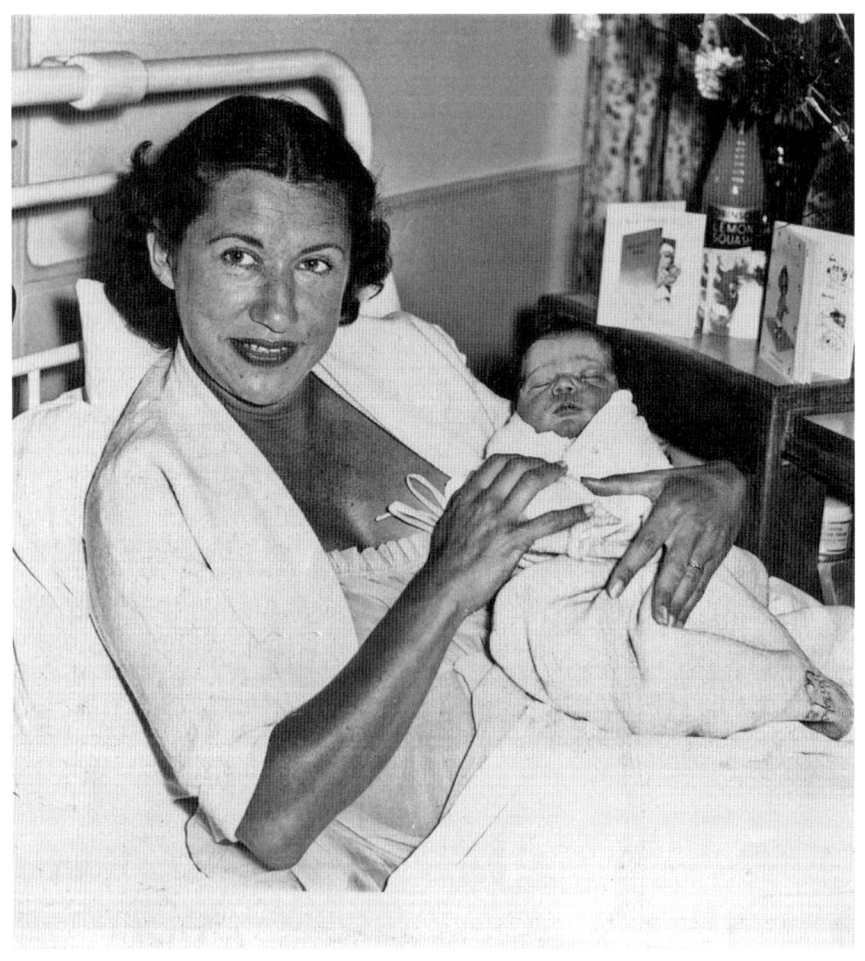

Selma à l'hôpital avec son fils nouveau-né, Jocelin. Londres, 23 juin 1957.

À la Libération, je suis revenue à la maison où elles se cachaient pour discuter avec leur logeuse, qui avait été condamnée à quelques mois d'emprisonnement à Vught pour avoir abrité des Juifs. Elle était persuadée que son mari, dont elle avait divorcé, avait trahi Mams et Clara. Lui ou sa maîtresse, avec laquelle il vivait. Elle avait déjà été libérée lorsque j'étais détenue au camp de concentration de Vught. Heureusement, car elle m'aurait reconnue et aurait pu dévoiler ma véritable identité. Après la guerre, mon frère Louis a demandé au commissariat d'Eindhoven d'ouvrir une enquête. Lorsque la police a interrogé l'ex-mari de la logeuse, il a nié une quelconque responsabilité dans l'affaire. D'après moi, ce sont les enfants qui ont laissé échapper des paroles imprudentes – ils ne se rendent pas toujours compte de la portée de leurs paroles –, mais nous ne saurons jamais ce qu'il en fut vraiment.

J'ai pleuré des nuits entières après avoir appris la déportation de Mams et de Clara. M'immerger dans mon activité de résistante était la seule chose qui m'aidait à supporter mon terrible chagrin. À présent, j'étais si souvent en déplacement pour mes missions qu'on m'avait procuré une chambre à Utrecht, une ville très centrale, afin de faciliter mes trajets. J'ai donc quitté la maison de Leyde. La ville d'Amsterdam étant devenue trop dangereuse pour Bob, il logeait également à Utrecht, dans une chambre située près de la mienne. La Résistance m'allouait une certaine somme, que je recevais en général des mains de Bob, ce qui me permettait de payer ma logeuse et de subvenir à mes autres dépenses. Je n'avais pas de revenus propres. L'argent que mon père avait confié à Mme Jongeneel était épuisé depuis longtemps, et je ne percevais plus la somme retenue sur le salaire de Louis. J'essayais de vivre le plus frugalement possible, car je savais que la Résistance avait besoin de beaucoup d'argent pour les clandestins.

Un jour, dans une rue d'Utrecht, j'ai croisé mon ancienne camarade de classe Mary Rudolphus en compagnie de sa mère. Sa famille avait déménagé dans la ville de Bilthoven, et cela faisait une éternité que nous ne nous étions pas vues. Ce fut un moment magique : une rencontre émouvante en un lieu neutre entre deux personnes qui n'avaient eu jadis aucun secret l'une pour l'autre. Que je sois juive n'avait jamais eu la moindre importance ni pour elle ni pour moi, mais à présent cela nous empêchait même de nous saluer. Mary a dû le comprendre. Nous étions si près l'une de l'autre que nos bras se sont frôlés en nous croisant. J'ai souri légèrement et j'ai continué mon chemin comme si nous étions des inconnues.

J'ai rendu visite à Frans et Henny Gerritsen après la guerre, ils avaient quitté Haarlem pour s'installer à Bilthoven. Comme j'étais de passage dans la ville, j'ai téléphoné à la mère de Mary. Elle m'a appris que sa fille s'était mariée et qu'elle avait émigré en Espagne avec son époux. Je ne suis plus revenue à Bilthoven après cela, car Frans et Henny se sont séparés et ont déménagé. Je n'ai jamais revu Mary et ses parents. Au moment de la Libération, la situation chaotique aux Pays-Bas et le sort qu'avait subi ma famille m'avaient complètement anéantie, si bien que j'étais trop perturbée pour réfléchir clairement et renouer avec elle. Aujourd'hui, je regrette amèrement de ne pas avoir repris contact avec Mary. J'ai souvent envisagé de le faire ces dernières années, mais tout le monde doit être mort à présent.

*

Peu après mon déménagement à Utrecht, de nouvelles cartes de rationnement sont entrées en vigueur pour tous les Néerlandais. Il fallait en posséder une pour avoir droit à de la nourriture. Nous étions au début de décembre 1943. Dans la Résistance, nous vivions bien sûr tous sous une fausse identité, mais le groupe TD – l'acronyme de Tweede Distributiekaart[4] – a tenté d'utiliser l'identité de bébés décédés peu après leur naissance afin de saboter le fonctionnement de cette deuxième carte de rationnement. J'ai servi de cobaye et j'ai été la première à recevoir l'identité d'une autre personne. À partir de ce moment-là, je me suis appelée Margareta van der Kuit, surnommée « Marga ». D'après mon nouvel état civil, j'étais née le 21 octobre 1920 à Soest. On m'a procuré de nouveaux papiers

---

4. Deuxième Carte de rationnement.

et demandé de les utiliser afin d'obtenir la carte de rationnement qui venait d'entrer en vigueur, ainsi que des tickets pour des chaussures et des vêtements. La mission était stressante, mais tout s'est passé comme sur des roulettes. À présent, j'avais une nouvelle identité et nous savions que ce système fonctionnerait pour les autres. De nombreuses personnes ont eu accès aux nouvelles cartes de rationnement grâce à Bob, Jan et aux intermédiaires – surtout des employés de mairie.

J'effectuais encore plus de missions depuis que je m'appelais Margareta van der Kuit. Mon activité dans la Résistance m'amenait parfois à Amsterdam. Lorsqu'il était trop tard pour revenir à Utrecht, je dormais chez Greet. Nous partagions le lit-clos dans sa chambre. Nous discutions pendant des heures et évoquions des souvenirs, mais je prenais garde à ne pas lui en dire trop sur mes activités. Je ne voulais pas la mettre en danger, ni elle, ni ses parents. Greet n'a jamais fait d'erreur ; elle m'a toujours appelée Marga.

Un jour, Bob m'a demandé de me rendre à la campagne, chez des agriculteurs qui étaient très mécontents de l'étudiant non-juif qu'ils cachaient. Les jeunes gens qui n'étaient pas juifs devaient signer une déclaration d'allégeance lorsqu'ils quittaient le lycée ou voulaient entrer à l'université ; en cas de refus, on les envoyait travailler en Allemagne. De nombreux jeunes hommes ont alors préféré entrer dans la clandestinité. Cet étudiant était très agité, et

Bob pensait que cela lui ferait du bien de rencontrer une jeune fille. Il espérait que tout s'arrangerait si je lui parlais. Je profitai de mon déplacement pour apporter de l'argent et des tickets de rationnement au paysan et à son épouse. J'ai eu du mal à trouver la ferme, mais après des heures de marche, j'ai découvert le jeune homme en train de dormir dans une meule de foin. Je ne sais pas si cela l'a aidé, mais nous avons discuté longtemps. Il se sentait certainement très seul. Les clandestins passaient souvent des semaines sans vraie conversation. Durant notre entretien, il a soudain sorti de la meule de foin un grand tablier dans lequel il cachait une demi-douzaine de pistolets. Il voulait m'en donner un, petit, mignon, et dont la crosse était incrustée de nacre, mais je n'en ai pas voulu. Bob avait toujours insisté pour que nous ne portions jamais d'arme à feu – si les Allemands la découvraient, ils nous abattraient immédiatement.

Zetty se cachait maintenant à Zeist[5], et Wim m'a demandé de lui rendre visite pour lui donner des nouvelles de sa petite fille. Evalientje approchait des 2 ans à présent, elle marchait et elle parlait. Comme la maison de Zetty ne se trouvait qu'à quelques arrêts de bus de chez moi, je lui rendais de nouveau régulièrement visite en emportant de l'argent et des tickets de rationnement pour sa logeuse. C'était formidable

---

5. La ville de Zeist est très proche d'Utrecht.

de la revoir et de lui parler, mais je n'avais malheureusement plus le temps d'étudier les langues et les mathématiques en sa compagnie. Mon activité d'agent de liaison m'absorbait trop ; je courais de droite à gauche.

Lorsque je rendais visite à Zetty, je prenais le bus au coin de ma rue, dans la Burgermeester Reigerslaan. Un jour où il tombait des cordes, je me suis abritée sous un porche pour attendre le bus. J'avais rabattu la capuche de mon imperméable dont ne dépassait qu'une boucle de cheveux blonds, je ne devais donc pas être à mon avantage. Tout à coup, un officier allemand s'est trouvé à côté de moi, il a ouvert son grand parapluie noir et l'a tenu au-dessus de ma tête. Il m'a dit : « Quel sale temps ! Cela vous dirait de prendre le thé en ma compagnie ? J'habite dans la maison d'en face. »

J'étais décontenancée et quelque peu inquiète, mais je lui ai répondu très poliment : « Non merci. Cela ira. »

Le bus est arrivé à ce moment-là. Il a insisté pour m'abriter sous son parapluie jusqu'à ce que j'entre dans le véhicule. J'étais sur mes gardes, mais je l'ai remercié en souriant. La fois suivante, il se trouvait de nouveau devant l'arrêt de bus et m'a aussitôt adressé la parole. Quel était mon nom ? Est-ce que j'habitais dans le quartier ? Est-ce que cela me dirait de prendre le thé ? Cette fois-ci, j'étais franchement alarmée et je lui ai répondu : « Non merci, je n'ai pas le temps. »

Le bus est heureusement arrivé sur ces entrefaites, ce qui m'a évité de répondre à de nouvelles questions. J'ai raconté ma rencontre à Bob. Je lui ai dit que je ne pouvais plus aller chez Zetty ; il devenait trop dangereux de prendre ce bus, l'officier pourrait découvrir où j'habitais et ce que je faisais. Mon aventure a fait bien rire Bob. Il pensait que l'officier avait tout simplement le béguin pour moi. Il fallait en profiter.

« Deux des nôtres sont en taule. Ils vont être exécutés si on ne réussit pas à les en tirer. Essaye de récupérer des documents chez l'Allemand. On pourra peut-être les utiliser pour entrer dans la prison et sauver les gars. »

Au début, j'ai hésité ; c'était trop dangereux. Mais lorsque j'ai de nouveau rencontré l'officier à l'arrêt de bus et qu'il m'a une fois de plus invitée à prendre le thé, j'ai pensé aux jeunes hommes en prison et j'ai accepté. Il logeait dans une jolie maison en face de l'arrêt de bus. Il m'a raconté qu'il s'appelait Hans, qu'il était autrichien et qu'il servait dans l'armée allemande. Il était célibataire. En Autriche, il habitait chez sa mère. À ce moment-là, un groupe des Jeunesses hitlériennes est passé dans la rue en chantant. Hans a fait une remarque sarcastique et a tiré le rideau. Il m'a expliqué qu'une famille juive pauvre avait été expulsée de l'appartement où il habitait à présent. Il en semblait désolé. Mais il avait beau faire et beau dire, je ne lui faisais pas confiance. Ce n'était peut-être qu'une ruse pour me faire baisser la garde. La suspicion était devenue ma seconde nature.

Nous avons bu du thé et parlé de sa mère en Autriche. Il ne s'est rien passé de plus, et je ne voyais pas comment je pourrais faire main basse sur ses documents. Il m'a confié qu'il appréciait beaucoup notre conversation et qu'il me trouvait très gentille. Il avait bien 40 ans et devait s'estimer heureux d'avoir fait la connaissance d'une jeune femme. Lorsqu'il m'a demandé si je désirais revenir prendre le thé chez lui, j'ai pensé aux prisonniers et j'ai accepté. Mon seul espoir était de gagner sa confiance et de profiter de l'occasion si elle se présentait. Nous avons donc convenu de nous revoir quelques jours plus tard ; j'ai frappé à sa porte vers 16 heures. Il a proposé de danser après le thé et a mis un disque de musique sentimentale. Nous avons dansé des valses et des fox-trots. La situation était plutôt bizarre, et je ne savais toujours pas comment mettre la main sur ses documents. Après un certain temps, il m'a entraînée sur le canapé et s'est mis à me couvrir de caresses. Je l'ai laissé faire. J'essayais de garder la tête froide et de forger un plan. Comme les boutons et les médailles sur son uniforme me rentraient dans la peau, il a retiré sa veste. Je me suis demandé jusqu'où il pensait que nous irions. Soudain, il m'a demandé si j'étais encore vierge. Lorsque j'ai répondu par l'affirmative, il s'est arrêté immédiatement. Je me suis alors rendu compte que ce n'était pas un mauvais bougre et j'ai regretté de le tromper, mais sauver les résistants en prison m'était toutefois plus important. Il m'a proposé de boire un verre et il est allé dans la cuisine. J'ai saisi ma chance et j'ai fouillé sa veste, le cœur battant. J'ai trouvé un document portant un tampon allemand et une signature et je l'ai fourré dans mon sac. Lorsqu'il est revenu, j'étais de nouveau assise sur le canapé, l'air détendu. J'ai bavardé le plus naturellement possible en espérant que s'il décelait ma nervosité, il la mettrait sur le compte de mon inexpérience de jeune femme. Je suis partie dès que j'ai pu. Tout compte fait, j'étais désolée de m'être jouée de lui. J'avais très peur qu'il ne remarque mon larcin, mais Bob m'a assuré que l'officier n'avertirait pas ses supérieurs, même s'il découvrait le vol. Il aurait l'air d'un idiot et serait expédié sur le front de l'Est. Après la guerre, j'ai découvert qu'il y avait effectivement été envoyé, mais j'ignore si les documents en étaient la cause. Il n'a peut-être pas remarqué tout de suite leur absence et s'est dit qu'il les avait perdus. Les mois suivants, j'ai pris garde toutefois d'éviter son quartier et l'arrêt de bus.

*

Ma mission la plus dangereuse et la plus longue a été celle de Paris. J'avais déjà accompli des tâches en Belgique. Pour ce faire, je descendais du train à la dernière gare néerlandaise avant la frontière, je marchais en pleine campagne et je passais en Belgique à pied. Je dormais dans une ferme du coin qui appartenait à un couple d'agriculteurs qui avait des sympathies pour la Résistance et cachait des clandestins.

Je me suis transformée en baroudeuse à une vitesse stupéfiante pour une fille qui n'était allée à l'étranger qu'une seule fois, à l'occasion d'un voyage scolaire en Angleterre. Cependant, je ne m'étais encore jamais rendue en France. Des groupes de résistants néerlandais y travaillaient à créer, entre autres, de nouvelles lignes d'évasion vers l'Espagne et la Suisse. Joachim Simon, alias Shushu, dont il a déjà été question auparavant, a joué un rôle important dans le développement de ces filières. Juifs ou non, ils ont été nombreux à passer la frontière, souvent en marchant des jours entiers à travers la France et en franchissant les Pyrénées. Certains ont continué vers le Portugal, dont un bon nombre de membres historiques du groupe Westerweel. Leur but était d'arriver en Palestine : ils ont réussi à atteindre ce qui est aujourd'hui l'État d'Israël. Cependant, en avril 1944, des membres du groupe Westerweel ont été arrêtés à Paris et emprisonnés dans la prison de Fresnes, située au sud de la capitale. Des espions britanniques et des résistants français y étaient incarcérés dans des conditions affreuses et y subissaient d'effroyables tortures. Si nous ne réussissions pas à en sortir les nôtres, ils y mourraient. Bob et Frans m'ont demandé d'aller à Paris. Je devais remettre une enveloppe à une personne qui travaillait dans le quartier général allemand et recevoir des documents en échange. Je ne savais pas en quoi mon action contribuerait à la tentative de sauvetage, mais on m'a affirmé qu'elle était essentielle. Une chose était sûre : cette mission était extrêmement dangereuse. J'avais souvent pris des risques, mais je n'avais encore rien tenté d'aussi périlleux que d'entrer dans un quartier général allemand. Pleine d'appréhension, j'ai pris le train pour le sud des Pays-Bas, passé la frontière belge grâce aux paysans, voyagé en Belgique et traversé ensuite la frontière française. On m'avait fourni une seconde pièce d'identité, au cas où j'en aurais besoin en France, mais comme j'étais morte de peur, j'ai fait en sorte d'éviter tous les contrôles dans le train.

Une fois à Paris, je ne savais absolument pas comment m'y prendre pour pénétrer dans le quartier général allemand. Mon cœur battait à tout rompre tandis que je m'avançais vers le bâtiment. Rétrospectivement, mon action peut sembler terriblement irréfléchie, mais je savais qu'elle était cruciale – et il fallait que je l'accomplisse, même si j'étais terrorisée. J'ai toujours eu de l'assurance, mais je crois aussi que le danger m'importait peu. Je tenais à la vie, bien sûr, mais on m'avait déjà tant pris qu'il ne me restait plus grand-chose à perdre.

Ma tactique consistait à flirter avec les soldats stationnés à l'extérieur du bâtiment et dans la salle d'attente. Je parlais allemand, mais je ne voulais pas engager la conversation et attirer l'attention sur moi. Je leur souriais en leur lançant des coups d'œil aguicheurs. J'essayais de leur faire croire que j'étais contente d'être là. Ils répondaient à mes œillades par des regards suggestifs, mon plan semblait fonctionner. Une fois à la réception, j'ai demandé mon contact en donnant tout simplement son nom, afin de parler le moins possible. Heureusement il est arrivé très vite, et nous avons pu effectuer l'échange des enveloppes. Lui aussi prenait un risque énorme, bien sûr. J'ai quitté le bâtiment le plus vite possible et en souriant aux soldats. Tout s'est passé comme sur des roulettes ; je m'attendais à des questions et à un dispositif de surveillance beaucoup plus important. Je suppose que les Allemands n'imaginaient pas qu'une jeune résistante juive oserait pénétrer bille en tête dans leur quartier général, surtout en faisant semblant de les trouver sympathiques. Je m'étonne encore aujourd'hui d'avoir pu y entrer et en sortir si facilement. J'ai été extrêmement prudente durant tout le voyage du retour. Je me suis changée dans le train au cas où l'on se serait tout de même méfié de moi et où l'on aurait diffusé un portrait-robot, puis je me suis rendue à la planque dont on m'avait donné l'adresse. Le paysan m'a aidée à passer la frontière vers la Belgique. J'ai commencé par marcher sur plusieurs kilomètres, puis j'ai pris un tram jusqu'au terminus, et après cela j'ai voyagé en autocar. Ensuite, j'ai passé la nuit chez un autre paysan, dans une ferme proche de la frontière avec le Brabant néerlandais. Le lendemain, le paysan m'a fait passer aux Pays-Bas. Après un trajet en autocar, j'ai voyagé en train jusqu'à Rosendael, j'y ai pris la correspondance pour Utrecht, où je suis arrivée après deux longues journées de voyage. C'est avec un immense soulagement que j'ai remis l'enveloppe à Bob. Ma peur avait été tellement intense que j'avais eu mal au ventre pendant toute la mission, mais après la guerre j'ai appris que les jeunes gens incarcérés à Fresnes avaient survécu. Cela en avait donc valu la peine.

Les compartiments secrets
Mon arrestation

Nos activités dans la Résistance requéraient un véritable équipement d'agent secret : coffrets à empreintes digitales, outils pour fixer les photos sur les papiers d'identité, tampons encreurs, tickets de rationnement, etc. Je conservais tous ces articles dans une valise sous le lit de ma chambre à Utrecht, ce qui était risqué. Frans Gerritsen, qui était habile et imaginatif, m'avait promis une étagère dont les tiroirs auraient des compartiments secrets. Je l'attendais depuis six mois, mais Frans avait été très occupé à sauver des prisonniers et des personnes incarcérées dans les hôpitaux et au camp de concentration de Westerbork. Enfin, le 18 juin 1944, peu après mon vingt-deuxième anniversaire, Jan m'a téléphoné pour m'annoncer qu'il avait l'étagère. Il était allé la chercher chez Frans à Haarlem et voulait me montrer le fonctionnement des tiroirs. Il la déposerait à Utrecht, chez Bob, parce que sa chambre était plus près de la gare que la mienne. Rétrospectivement, j'ai trouvé cela très illogique – il aurait de toute façon fallu apporter l'étagère chez moi pour la visser au mur. Mais je n'y ai pas pensé sur le coup et je me suis rendue chez Bob sans hésiter. Là, Jan m'a montré à plusieurs reprises comment ouvrir les compartiments secrets.

La logeuse avait déjà mis la table pour le déjeuner, nous pensions donc que Bob n'allait pas tarder à rentrer. À peine avais-je dit : « Bob n'est pas encore là » que nous avons entendu s'ouvrir la porte d'entrée. Je me suis alors exclamée : « Ah, le voilà ! »

Je suis sortie de sa chambre, j'ai jeté un coup d'œil en bas des escaliers et j'ai vu, à ma grande stupéfaction, Bob entre deux officiers de la Grüne Polizei[1]. En Allemagne, ces officiers de la police régulière se trouvaient de plus en plus au service du système nazi. Ils portaient des uniformes verts, d'où leur nom. En définitive, c'étaient eux qui étaient chargés de faire respecter l'ordre nazi. Cela faisait un certain temps qu'ils recherchaient Bob, ils l'avaient repéré et arrêté dans le train. Bob ne s'attendait pas à ce que nous soyons chez lui et il a blêmi en nous apercevant. Pendant un instant, nous sommes tous trois restés paralysés, puis j'ai grimpé l'escalier pour m'échapper, mais il n'y avait pas d'issue. Les agents

---

1. Police verte.

Les compartiments secrets : mon arrestation

de la Grüne Polizei m'ont poursuivie et m'ont traînée en bas. Ils nous ont interrogés : qui étions-nous et que faisions-nous ici ? Ils ont fouillé la chambre, ouvert tous les tiroirs et les armoires. Dans l'une des armoires, caché derrière des vêtements, ils ont trouvé un pistolet. Je suis devenue livide. Bob nous avait toujours interdit de porter une arme : si les Allemands la trouvaient, ils nous abattraient sur-le-champ. De plus, notre groupe était pacifiste et se réclamait d'un combat sans armes. Nous étions peut-être naïfs, mais nous refusions de nous comporter comme nos agresseurs. Nos actes de résistance ne devaient pas reposer sur la violence.

J'étais terrifiée, et non sans raison, comme la suite le prouvera. J'ai affirmé n'être qu'une amie, ce que Bob et Jan ont confirmé : c'est ce que nous étions convenus de dire en cas d'arrestation. Nous n'avons plus eu l'occasion de nous parler et nous n'osions même pas nous regarder. Ils nous ont traînés dans la rue et nous ont emmenés à la prison d'Utrecht dans des voitures différentes. Les deux agents de la Grüne Polizei dans ma voiture étaient très gros. J'étais coincée entre eux, je pouvais à peine respirer. Je me sentais terriblement mal. Je n'avais aucune idée de notre destination. Aller vers l'inconnu fait toujours peur, bien entendu, mais je m'y étais aussi préparée. Dans la Résistance, nous savions tous que nous prenions des risques et que nous pouvions être arrêtés à tout moment, nous étions donc prêts mentalement. Comme je m'étais déjà imaginé la situation, je pouvais me concentrer sur le récit que j'allais leur débiter et me comporter comme si j'étais innocente.

Une fois à la prison d'Utrecht, on m'a fait prendre un bain. C'était obligatoire pour tous les nouveaux détenus, pour raison d'hygiène et aussi pour vérifier que nous ne cachions rien sur nous. J'étais escortée par une gardienne amicale, une femme entre 40 et 50 ans. Elle m'a demandé si j'avais un agenda sur moi. J'ai répondu par l'affirmative et elle m'a conseillé de le détruire dans les toilettes. Je lui ai répondu qu'il ne contenait rien de compromettant, mais elle m'a rétorqué qu'ils trouveraient toujours un élément qui pourrait me nuire, et je l'ai donc déchiré en petits morceaux avant de tirer la chasse d'eau. J'ai revu cette gardienne plus tard à Ravensbrück, où elle était prisonnière comme moi. Secondée par son frère, elle avait aidé un prisonnier à s'évader. C'était une femme courageuse qui avait pris de grands risques. Contrairement à certaines personnes qui demandaient de l'argent pour aider les Juifs, elle refusait d'être payée ; elle agissait par désir sincère de protéger les gens des atrocités qu'elle voyait autour d'elle. Elle a malheureusement été assassinée à Ravensbrück.

Dans la prison, une grande salle commune comportait trois cellules munies de barreaux en fer. On m'a donné des vêtements et on m'y a emmenée après le bain. Deux autres filles s'y trouvaient déjà.

La plus jeune avait les yeux cernés et ses cheveux bruns étaient complètement ébouriffés. L'autre, qui approchait des 30 ans, tricotait tranquillement installée à la table. Lorsqu'elle est allée aux toilettes, la plus jeune m'a chuchoté que c'était une moucharde qu'on avait mise dans notre cellule pour nous soutirer des renseignements sur nos activités. Je lui ai donc dit : « Je suis innocente. Je ne suis qu'une amie des hommes qu'ils ont arrêtés. »

Quel que soit mon interlocuteur, je me suis constamment tenue à cette version des faits. Je me méfiais même de cette jeune fille maladive qui était certainement de bonne foi. Les nazis promettaient n'importe quoi si l'on trahissait, et quand on est désespéré, on est tenté d'acquiescer à tout pour avoir la vie sauve.

Quelques heures plus tard, les gardiennes ont sorti la jeune fille de la cellule pour lui permettre de faire ses adieux à deux amis arrêtés en même temps qu'elle. Ils étaient sur le point d'être exécutés. L'un d'eux était son amoureux. La pauvre fille avait une mine épouvantable lorsqu'elle est revenue. Elle a pleuré des heures durant. J'ai essayé de la consoler, mais rien ne peut vous réconforter quand on apprend l'exécution imminente de personnes aimées et qu'on comprend qu'on les a vues pour la dernière fois. Elle a été condamnée à mort au cours du même procès. Pourtant, les nazis lui ont laissé la vie sauve, car je l'ai rencontrée en Suède après la guerre. Elle était tombée sous le coup du décret *Nacht und Nebel* – Nuit et Brouillard – dans diverses prisons allemandes avant d'être libérée et envoyée dans ce pays. Cette classe pénale a été mise en place le 7 décembre 1941 par Hitler, et s'appliquait aux militants politiques et aux résistants des pays occupés. L'idée était de les faire disparaître sans laisser de trace. S'ils mouraient, on n'enregistrait même pas le lieu de leur sépulture afin d'intimider la population locale et de décourager toute opposition aux nazis. Nous ignorons encore maintenant combien de personnes ont disparu ainsi. Après la guerre, bien des familles n'ont jamais su ce qui était arrivé à leurs proches. Je me demande combien de temps ils ont espéré les voir revenir. Très peu de prisonniers Nuit et Brouillard ont survécu à la guerre. Ceux qui n'ont pas succombé ont subi les pires traitements.

Après m'avoir enfermée seule durant une nuit dans l'une des trois cellules, on m'a redonné mes vêtements, et les deux gros agents de la Grüne Polizei m'ont ramenée à Amsterdam dans une petite voiture. Je me retrouvais de nouveau coincée entre eux. C'était encore pire cette fois-ci, car nous nous sommes arrêtés en chemin chez un boucher-charcutier, et l'un des hommes a acheté deux grosses saucisses allemandes. Ils les ont mangées en prenant leurs aises et en m'écrasant encore plus. L'odeur de la saucisse m'envahissait les narines tandis que je les entendais mastiquer bruyamment. J'avais la nausée, j'avais peur de vomir, mais je suis restée imperturbable. Je respirais par la bouche pour sentir l'odeur le moins possible et j'essayais de paraître calme. Nous sommes arrivés au grand lycée situé dans la Euterpestraat, que le Sicherheitsdienst avait réquisitionné pour en faire son quartier général. Les prisonniers y étaient interrogés et torturés. Comme le nom de cette rue avait des connotations trop lugubres pour les habitants d'Amsterdam, il a été changé après la Libération en rue Gerrit van der Veen, en hommage à ce héros de la Résistance. Une fois descendus de voiture, nous nous sommes retrouvés devant un escalier de pierre. Un homme se tenait en haut des marches, le front dégagé, les yeux sombres et enfoncés, vêtu d'un uniforme et chaussé de bottes. Comme je connaissais le sort des détenus, j'étais absolument terrifiée. Il a dit : « *Was ist das*[2] ? »

L'un de mes gardiens allemands a répondu : « *O, das Mädchen hat nichts damit zu tun*[3]. »

Un soulagement intense m'a aussitôt envahie. Mais l'homme a continué : « *Glaub ich nicht*[4]. »

J'ai flanché. Jusque-là, j'avais toujours soutenu n'être qu'une amie de Bob et de Jan, et n'avoir aucune connaissance de leurs activités. J'avais

---

2. « Qu'est-ce que c'est ? »
3. « Oh, la fille n'est pas impliquée dans l'affaire. »
4. « Je n'en crois rien. »

eu le sentiment que les deux agents de la Grüne Polizei me croyaient. J'ai cependant continué à sourire. Mon sourire se serait peut-être effacé si j'avais su à ce moment-là que la personne qui me toisait du haut de l'escalier était Willy Lages, le chef du Sicherheitsdienst. Je ne l'ai reconnu que plus tard, en voyant sa photo dans le journal.

*

Une fois dans le bâtiment, on m'a demandé de m'asseoir dans un fauteuil. Je portais un sac que j'avais crocheté moi-même avec du cordage de pêche. J'avais offert ce type de sac à beaucoup d'amies en guise de cadeau d'anniversaire ou de la Saint-Nicolas. On ne trouvait plus rien dans les magasins, nous fabriquions donc nous-mêmes les cadeaux avec les matériaux disponibles. Je me suis pétrifiée de peur quand un employé a pris ce sac qui contenait mes papiers afin de les contrôler. Je pensais que ma dernière heure avait sonné. Un soldat ou un SS qui vérifiait mon identité dans un train ou sur un quai de gare, c'était très différent d'un contrôle officiel dans le quartier général du Sicherheitsdienst, avec certainement des appareils sophistiqués. Mon habituel mal au ventre me taraudait, mais je continuais à sourire comme si je n'avais rien à cacher. Je feignais de m'intéresser aux jeunes femmes en uniforme derrière leurs bureaux, aux soldats et aux SS qui entraient et sortaient. J'observais tout ce qui se passait autour de moi, comme si je n'avais rien à craindre. J'avais pris l'habitude de jouer un rôle.

Les compartiments secrets : mon arrestation

Depuis que je m'étais engagée dans la Résistance, j'avais enseveli ma véritable identité au plus profond de mon être. Je niais constamment et consciemment mon vrai moi, ma « Selma ». Je n'osais penser à rien qui puisse avoir un rapport avec mon identité d'origine de peur de parler dans mon sommeil et de faire tomber mon masque officiel de Margareta van der Kuit. Je ne pouvais pas me permettre de me détendre. Il fallait que je sois nuit et jour sur mes gardes, afin de réagir sur-le-champ si on m'appelait par mon nouveau nom et de ne pas dire par erreur « Selma » lorsqu'on me demandait mon prénom. L'employé a fini par revenir et m'a rendu mon sac : mes papiers étaient en ordre. Les faussaires de la Résistance avaient fait du bon travail, heureusement.

Deux jours après mon arrestation, le 20 juin, on m'a remise dans une voiture et emmenée dans la grande prison de la Amstelveenseweg, où étaient détenus les Juifs et les prisonniers politiques en attendant leur déportation. On m'a poussée dans une cellule où se trouvaient six autres femmes. Malgré mon épuisement, je n'osais pas dormir de peur de parler dans mon sommeil. Je somnolais constamment et je me secouais pour me réveiller ; je faisais les cent pas dans la cellule pour me revigorer et ne pas m'assoupir. Durant la nuit, je discutais un peu avec l'une de mes compagnes de cellule ; nous nous sommes raconté dans les grandes lignes pourquoi nous nous retrouvions là, mais je prenais garde à mes paroles et je tâchais de rester fidèle à ma fausse identité.

Les sanitaires étaient très primitifs, mais bien que la cellule soit horrible, elle n'était pas sale et ne sentait pas mauvais. Chaque jour, les prisonnières recevaient un seau d'eau, du savon et une serpillière pour la nettoyer. Un second seau posé dans un coin faisait office de toilettes. Le matin, les prisonniers le vidaient à l'extérieur. Après cela, pour nous dégourdir, nous prenions l'air dans la cour intérieure, où chaque cellule avait sa partie réservée. C'était la première fois que je me trouvais dans une prison, et les rangées de cellules du premier étage m'intimidaient. Il nous était interdit de communiquer, mais nous le faisions tout de même, bien sûr. Nous repoussions toujours les limites. Lorsque les gardiens nous ordonnaient de nous taire, nous obéissions. Pour un temps. Les détenus hommes se trouvaient un étage en dessous du nôtre, j'ai appris à taper sur les tuyaux et à écouter leurs messages. Certains utilisaient l'alphabet morse. Je ne savais guère m'en servir, mais d'aucuns communiquaient très efficacement par ce moyen. En pressant l'oreille contre le tuyau, on entendait des murmures, on comprenait quelques mots et on imaginait le reste. Une étoile de David était peinte sur la porte de la cellule en face de la nôtre. Manifestement, des femmes juives s'y trouvaient. J'étais désespérée pour elles, mais je

Les compartiments secrets : mon arrestation

me sentais aussi très tendue. J'étais terrifiée à l'idée que l'on découvre ma propre identité juive. J'osais à peine regarder leur porte.

Le matin suivant mon incarcération, on m'a demandé de vider le seau, puis j'ai été emmenée dans une autre cellule. Mon interrogatoire commençait. Un SS allemand, celui qui m'interrogeait, était assis derrière une petite table dans la pièce étriquée. Un homme se tenait derrière lui et un autre derrière moi. Le but était de m'intimider. Le soldat qui m'interrogeait m'a demandé si je parlais allemand. J'ai répondu que non. En fait, je le parlais plutôt bien, mais refuser de parler cette langue était un acte de résistance. Tout ce qui était allemand était maudit. Ils ont alors fait entrer un Néerlandais qui m'a posé des questions en présence du SS. Il m'a demandé mon nom. J'ai répondu : « Margareta van der Kuit. »

Puis il m'a interrogée sur Bob et Jan et sur nos activités. Je lui ai dit que je n'étais qu'une amie et que je ne savais rien. Il m'a posé des questions sur mes parents, et je lui ai répondu qu'ils étaient décédés avant la guerre, dans un accident de train au cours de leurs vacances en Angleterre. J'avais imaginé cette histoire à l'avance. J'essayais de rendre mon récit aussi simple et convaincant que possible afin de m'en souvenir, et j'espérais que je ne m'en écarterais pas trop s'il m'arrivait de parler dans mon sommeil. J'ai raconté aussi que mes frères se trouvaient en Angleterre, ce qui autant que je sache était le cas pour David. Je trouvais sage de rester le plus près possible de la vérité. Mais je ne leur ai pas dit que Louis était dans la marine marchande quand la guerre a éclaté, ni que David était incorporé en Angleterre. On m'a renvoyée dans ma cellule après m'avoir posé d'innombrables questions.

Cette cellule que nous partagions à sept ne comptait qu'un seul lit. L'une des détenues, une paysanne extrêmement égoïste, l'occupait constamment. On l'avait incarcérée parce que les SS recherchaient son fils. Ils emprisonnaient parfois un membre de la famille en guise d'appât. Son mari était resté en liberté, car étant agriculteur il occupait un métier essentiel. Il lui apportait des colis de nourriture de la ferme, mais bien qu'on nous donnât très peu à manger et que nos repas fussent infects, elle n'a jamais rien partagé avec nous.

Dans ma cellule se trouvait aussi une jeune infirmière de mon âge, elle était en prison pour avoir refusé de soigner un soldat allemand. Ensemble, nous chantions des airs traditionnels néerlandais et faisions des exercices de gymnastique pour rester souples. La paysanne – qui était couchée ou assise sur le lit – s'en plaignait. Elle nous sommait d'arrêter, mais nous continuions à chanter et à faire les cent pas pour nous remonter le moral. La cellule n'avait que quelques mètres de long, nous faisions des dizaines d'allers-retours en comptant combien de fois nous allions d'un mur à l'autre. Je me rends

Les compartiments secrets : mon arrestation

compte à présent que c'était énervant pour nos codétenues, car l'espace était très réduit, mais nous étions jeunes et énergiques, et nous n'en avions rien à faire. L'infirmière a été libérée un peu plus tard et je lui ai demandé d'aller chez Greet afin de l'informer que Marga était emprisonnée au Amstelveenseweg.

Nous nous coiffions aussi l'une l'autre pour garder un air présentable. Alors qu'elle peignait mes cheveux, dont les repousses brunes devenaient visibles, la jeune infirmière m'a dit : « Tu as des boucles magnifiques, on dirait des cheveux de Juive. »

J'ai eu un choc, mais je lui ai répondu « N'importe quoi ! » en riant.

Un jour, la gardienne nous a emmenées toutes deux dans sa chambre afin de repriser des chaussettes et de réparer des uniformes. Nous avions peur que ce soit un traquenard, mais elle s'est mise à discuter avec nous ; en fait, elle nous avait fait sortir de la cellule pour nous apporter une bouffée d'air frais, nous changer les idées et nous faire bouger un peu. Nous lui en étions reconnaissantes, car les jérémiades des autres prisonnières commençaient à nous taper sur les nerfs ; je suppose que les autres détenues étaient tout aussi soulagées d'être débarrassées de nous pour quelques heures. Cependant, nous faisions attention à ne pas en dire trop, parce que la gardienne nous posait énormément de questions sur nos vies. On ne savait jamais à qui l'on pouvait faire confiance.

J'ai été interrogée quotidiennement pendant une semaine, mais on ne m'a jamais maltraitée. Un jour, on m'a demandé pourquoi je me décolorais les cheveux. Les repousses devenaient très visibles. J'ai répondu : « Il ne nous reste rien d'autre, à nous les filles ! Il n'y a plus ni vêtements ni chaussures dans les magasins. Tout ce qu'on peut faire, c'est se teindre les cheveux ! »

Mon interrogateur l'a cru et n'en a plus parlé. Un autre jour, il m'a tendu une cigarette et j'ai reconnu le paquet en tremblant ; il provenait de la valise cachée sous mon lit à Utrecht. J'ai identifié le paquet parce que j'y avais noté la date, comme le faisait toujours mon père pour les courses. Le matériel de la Résistance se trouvait bien sûr dans la même valise. Le SS m'a dit que Hitler ne faisait pas tuer les femmes, qu'il valait donc mieux avouer. Quelle était mon activité ? Quel était précisément mon rôle ? Je persistais dans ma version : je n'étais qu'une amie de Peter et Jan. Je ne sais pas comment je m'en suis sortie, vu le contenu de la valise, mais il m'a crue. Il pensait peut-être que la valise appartenait à Bob ou à Jan, qui l'avaient cachée chez moi à mon insu. Il me fallait rester vigilante, car je devais bien sûr appeler Bob par son nom de guerre, Peter, pendant les interrogatoires. Je ne pouvais pas me permettre de lapsus. Finalement, mon verdict a été *Kriegsdauer* – détention jusqu'à la fin de la guerre. J'étais soulagée, car je commençais à me rendre compte que j'étais peut-être plus en sécurité en prison qu'en liberté. Ici au moins je savais à quoi m'en tenir, et ma fausse identité ne risquait plus d'être dévoilée lors d'une arrestation. De plus, je n'étais pas immatriculée comme prisonnière *Nacht und Nebel*, ce qui aurait été beaucoup plus dangereux. J'intéressais bien moins les Allemands que Bob et Jan. J'ai appris bien plus tard qu'ils avaient été tous deux longuement torturés pendant leurs interrogatoires.

Il y a une dizaine d'années de cela, je me suis rendue au NIOD, l'institut d'étude sur les guerres, la Shoah et les génocides, où sont conservées les archives officielles de la Seconde Guerre mondiale. Je voulais connaître la date précise de mon arrestation et j'ai découvert qu'elle avait eu lieu le 18 juin 1944. L'archiviste m'a apporté tous les dossiers où figurait mon nom – une sacrée pile –, et c'est de là que me viennent les terribles informations sur les tortures subies par Bob et Jan. Les SS avaient trouvé l'agenda de Bob ; comme il était extrêmement organisé, il y avait noté la date d'une réunion dans le Limbourg avec les dirigeants de la Résistance. Il n'aurait jamais dû faire une chose pareille, mais c'est facile de juger après coup. Bob était complètement surmené, la Résistance manquait d'effectif pour accomplir toutes les tâches, le stress et les longues journées de mission l'avaient rendu malade. Il avait cessé totalement ses activités dans la Résistance pendant quelques semaines, mais cela n'avait pas été suffisant pour qu'il récupère. Il était tellement épuisé qu'il lui aurait fallu beaucoup plus de temps pour se remettre entièrement. Malgré les coups, il a refusé de dévoiler le lieu de la réunion lorsqu'on l'a interrogé – jusqu'à ce qu'on fasse entrer une femme juive et ses deux jeunes enfants. Des soldats tenaient fermement les bras de l'un des enfants et ils ont affirmé qu'ils les briseraient si Bob ne leur révélait pas le lieu de la réunion et ne les y mènerait pas. Bob se taisait toujours, mais la mère, terrifiée, s'est mise à hurler ; elle s'accrochait à lui en le suppliant de parler. Le SS qui interrogeait Bob lui a annoncé qu'il nous ferait fusiller, Jan et moi, s'il ne livrait pas l'information. Je connaissais déjà la terrible histoire des bras du jeune enfant, mais j'ai appris que les Allemands menaçaient de me fusiller en lisant les dossiers du NIOD. Bob a fini par parler. Il a affirmé plus tard ne pas avoir eu le choix. Après la révélation du lieu de la réunion, on lui a ordonné de s'y rendre le jour convenu. Bob avait espéré s'enfuir ou mener les Allemands dans une mauvaise direction, mais un SS en civil l'escortait. C'était impossible. Les Allemands ont menacé de nous fusiller, Jan et moi, si Bob ne les conduisait pas au bon endroit. Il s'est donc rendu au couvent de Weert. Un prêtre et onze résistants s'y trouvaient, pour la plupart des dirigeants de groupes du sud du pays. Les SS ont arrêté presque toutes les personnes présentes.

Quatre ont réussi à s'échapper. Les hommes qui ont été arrêtés ont tous été envoyés en camp de concentration ; un seul en est revenu. Comme il avait aidé les Allemands, Bob a été libéré. J'ignorais tout de cette histoire puisque j'étais en prison à ce moment-là, mais Ada van den Bosch – qui épouserait plus tard Wim Storm – m'en a informée quand j'étais au camp de Vught. Ada avait été emprisonnée auparavant à Vught, mais elle avait réussi à s'échapper et elle était en liberté lors de l'incarcération de Bob. On l'a cependant de nouveau arrêtée et renvoyée à Vught. Pour la punir de son évasion, elle a été mise au cachot dans « le bunker », le quartier disciplinaire. Elle venait d'en sortir lorsque je suis arrivée à Vught et elle m'a raconté les faits. Elle a levé les sourcils en disant que les Allemands avaient libéré Bob. Les nazis n'accordaient la liberté qu'aux délateurs ; ses sourcils levés suggéraient que Bob avait peut-être trahi. Pour moi, il était hors de question que Bob, si courageux et si engagé dans la Résistance, ait fait une chose pareille. Je lui ai répondu que c'était impossible. Après cela, Ada ne m'en a plus parlé.

Tous ces événements restent cependant encore à venir, pour le moment, je me trouvais toujours emprisonnée à Amsterdam.

Une salopette bleue
Le camp de Vught

Mon séjour dans la prison d'Amsterdam a pris fin le 26 juillet 1944. Ce jour-là, je me suis retrouvée avec d'autres détenues à marcher vers le tram sous l'escorte de policiers allemands et néerlandais. Dans la rue, les gens observaient ce cortège de femmes, comme si nous étions un groupe de vacancières. Le tram nous a conduites à la gare, où nous avons continué notre voyage dans un train de passagers. Les prisonnières qui nous ont accueillies à la fin du trajet étaient toutes des résistantes ; elles nous ont expliqué que nous étions arrivées dans le camp de concentration néerlandais de Vught. J'étais assez satisfaite. Je me trouvais ici en tant que Margareta van der Kuit, et mes interrogatoires m'avaient convaincue que je serais plus en sécurité à Vught qu'en prison. J'ai découvert aussi que je connaissais plusieurs personnes dans le camp. Wil Westerweel et Thea Boissevain s'y trouvaient déjà, Ada van den Bosch y avait été ramenée après sa tentative d'évasion ; nous formions donc un petit groupe de résistantes. Pour survivre, les amitiés fortes étaient essentielles. On avait besoin de gens qui tenaient à vous et qui étaient prêts à vous aider en cas de problème.

On nous a fait prendre une douche dès notre arrivée. Nos vêtements, nos bagages et toutes nos affaires ont été confisqués, fourrés dans un sac et emportés dans une baraque où on les a stockés. J'avais réussi à garder sur moi le stylo-plume Waterman de mon père ainsi que le gilet bleu que Mams m'avait tricoté quelques années plus tôt en prévision de mon voyage scolaire en Angleterre. Nous avons ensuite été auscultées par un médecin. On nous a fourni une salopette bleue qui se boutonnait dans le dos, un foulard bleu imprimé de cercles blancs et des sabots. Nous devions nouer le foulard sous notre menton, comme des paysannes, mais plus tard nous avons développé un style plus élégant en l'attachant sur la nuque. C'était interdit, bien sûr, mais nous le faisions tout de même. Nous avons ensuite été menées vers une baraque où se trouvaient des lits superposés. On nous a accordé une couverture et on nous a permis de dormir. Deux cent cinquante personnes logeaient dans cette grande structure semblable à une grange. Les châlits des lits superposés encadraient deux paillasses juxtaposées ; il y en avait suffisamment, nous disposions chacune de notre propre lit. La baraque était percée de nombreuses fenêtres.

Une salopette bleue : le camp de Vught

Elles ne comportaient pas de vitres, nous pouvions donc sortir nos têtes – cela n'avait rien d'une prison. Le lendemain, on nous a ordonné de nous mettre en rang pour l'appel et on nous a comptées. Puis nous avons été mises au travail. On m'a donné un seau, un balai, une brosse et une serpillière pour nettoyer l'école maternelle. Tous les enfants venus au camp avec leurs parents sont allés à l'école – même les enfants juifs. Même ceux que l'on a plus tard envoyés à la mort. À ma grande surprise, des hommes étaient en train de dessiner des personnages de contes de fées sur les murs, et la maîtresse d'école, qui était aussi une prisonnière, flirtait avec eux. Pas le moindre garde en vue. Ce n'est pas ainsi que je m'imaginais un camp de concentration. C'était typique de l'organisation allemande – faire en sorte que tout soit le plus normal possible pour éviter les rébellions.

Après quelques jours à Vught, on m'a envoyée travailler dans une usine de masques à gaz dans la ville voisine de Bois-le-Duc. Nous y dormions dans des baraques, chacune avait son lit. C'était luxueux par rapport à ce qui m'attendait, mais je n'en savais encore rien. Nous devions fabriquer des masques à gaz pour les Allemands. La plupart d'entre nous travaillaient à la chaîne, chaque fille ajoutait un élément au masque. Un SS nous surveillait. Après quelques jours de travail, la fille en face de moi, Hetty Voûte, m'a fait un clin d'œil en me demandant de ne pas trop serrer les vis – il valait mieux qu'elles soient un peu relâchées. La jeune femme à la fin de la chaîne de montage, chargée de vérifier les masques et de les mettre dans une boîte en bois, fermait les yeux, elle faisait aussi partie du complot. Nous faisions de notre mieux pour saboter la production.

La baraque-dortoir possédait cinq vrais W-C munis d'une chasse d'eau, mais ils étaient placés très près les uns des autres et n'étaient pas séparés par un rideau ou une cloison, nous n'avions donc aucune intimité. Nous n'étions autorisées à aller aux toilettes qu'à heure fixe, et les files étaient toujours longues. Un jour, alors que j'attendais mon tour, une fille a tiré la chasse, et j'ai vu le réservoir d'eau se détacher du mur. Sans réfléchir, je me suis précipitée pour le rattraper. J'ai saigné abondamment et je me suis cassé le pouce. L'une des prisonnières qui avait une formation d'infirmière a trouvé un morceau de bois et des bouts de tissu. Elle m'a bandé la main, m'a mis une attelle au pouce et le bras en écharpe. Je ne pouvais plus travailler à la chaîne, on m'a donc accordé une semaine de relâche. Comme il faisait beau, je l'ai passée à bronzer. Au vu de ma future expérience à Ravensbrück, c'est incroyable qu'on m'ait donné ce droit. Finalement, la vie dans ce camp de concentration n'était pas si désagréable. Pendant que je bronzais, quelques Témoins de Jéhovah sont venus me parler pour tenter de me convertir – ils croyaient que Hitler était l'Antéchrist et refusaient donc le pouvoir nazi. Mais ils ne m'intéressaient pas. Je voulais juste profiter du soleil.

Une salopette bleue : le camp de Vught

Au bout d'une semaine, j'ai dû revenir à l'usine. Comme j'avais le pouce bandé et que je ne pouvais pas encore travailler à la chaîne, on m'a demandé de contrôler les masques finis et de les placer dans la boîte en bois. Je savais que les détenues les bâclaient. C'est pourquoi je n'y jetais qu'un vague coup d'œil avant de les empaqueter. Nous n'étions pas particulièrement inquiètes. Nous ne savions pas quelles pouvaient être les conséquences de nos actes. Nous prenions bien sûr toutes de grands risques en agissant ainsi. Friedl Burda a été déportée à Ravensbrück en 1944 après avoir passé sept mois en prison pour sabotage ; elle fabriquait des armes à l'usine de Reichert, qui produisait à l'origine des instruments optiques. Elle a écrit dans le *Ravensbrück Memorial Museum Guide* : « Est-ce que j'avais peur ? En fait, nous étions parfaitement conscientes de risquer nos vies. Mais le jeu en valait la chandelle. Je me disais : *Il vaut mieux perdre sa vie pour une bonne cause que pour une mauvaise.* Quant au sabotage, je peux affirmer sans hésiter que j'ai contribué à raccourcir un peu la guerre. Je crois que nous pensions toutes la même chose. Nous devions faire notre part pour combattre les atrocités qui avaient lieu. »

Un jour, une jeune femme est arrivée au camp, escortée d'une *Aufseherin*, une gardienne allemande. C'était la nièce de Karl Koch, qui avait été commandant du camp de concentration de Buchenwald à partir de 1937. En 1941, Koch a été muté et s'est retrouvé à la tête du camp de Majdanek, en Pologne, parce qu'on l'accusait de comportement déplacé, c'est-à-dire entre autres de corruption, de fraude, d'ivrognerie, d'agression sexuelle et de meurtre. De plus, il avait fait assassiner le médecin et l'assistant qui avaient soigné sa syphilis, de peur qu'on n'apprenne qu'il souffrait de cette maladie. Un an après son transfert à Majdanek, il a été mis en cause pour négligence criminelle – des prisonniers de guerre soviétiques s'étaient évadés du camp – et il s'est fait muter à Berlin en août 1942. Son épouse, Ilse Köhler, connue plus tard sous le nom de la « sorcière de Buchenwald », était restée à Buchenwald. Après la guerre, elle a été condamnée à la prison à vie pour mauvais traitements et meurtre de prisonniers allemands. Koch a été exécuté en 1945, une semaine avant l'arrivée des Américains, pour souillure à la réputation de la SS. La nièce de Koch était fiancée à un jeune homme juif et l'avait aidé à entrer en clandestinité. Sa punition consistait à faire le tour de tous les camps de concentration du Reich pour voir de ses propres yeux le sort réservé à ceux qui cachaient les Juifs – elle se trouvait au camp de Vught ce jour-là. Elle nous a raconté qu'elle avait été témoin d'atrocités, tout en refusant d'entrer dans les détails. Il valait peut-être mieux que nous restions dans l'ignorance. Nous savions qu'il existait d'autres camps de travail puisque, le moment venu, certains prisonniers de Vught y étaient envoyés. À l'époque, nous pensions que ces camps étaient peu nombreux, en fait il y en avait des milliers. Des rumeurs circulaient, mais nous n'y prêtions pas foi. Elles se révélaient fausses par trop souvent. Mais rien ne filtrait au sujet des camps d'extermination – nous ignorions leur existence. La nièce de Koch est repartie le lendemain, toujours escortée de sa *Aufseherin*. C'était à la fois une consolation de savoir que tous les Allemands apparentés à des fonctionnaires SS de haut rang n'embrassaient pas l'idéologie nazie, mais inquiétant de constater qu'on n'échappait pas aux sanctions, même lorsqu'on était membre de la famille d'un haut gradé.

Notre journée à l'usine commençait à 6 heures du matin. Nous n'avions le droit d'aller aux toilettes qu'à midi. L'usine ne possédant qu'un seul W-C, nous passions beaucoup de temps à attendre notre tour. Ensuite, nous nous remettions au travail jusqu'à 18 heures. Nous ne pouvions nous rendre aux toilettes qu'une fois notre journée terminée. Un soir, alors que nous faisions la queue, trois détenues m'ont raconté qu'elles préparaient une évasion. Elles m'ont demandé si je voulais me joindre à elles. Comme je me sentais plus en sécurité dans le camp qu'au-dehors, j'ai décliné leur proposition. J'étais terrifiée à l'idée d'être de nouveau arrêtée et que l'on découvre ma véritable identité. Là-dessus, les trois m'ont demandé de les aider. Elles voulaient se glisser par la petite fenêtre des toilettes et m'ont demandé de la refermer quand la dernière se serait échappée. J'étais d'accord et j'espérais du fond du cœur qu'elles réussissent. Quelques jours plus tard, nous avons été renvoyées d'urgence de l'usine vers le camp.

On nous y a appris que les Alliés étaient en Belgique et très proches de la frontière néerlandaise. Nous apercevions l'éclat des armes à feu et des bombes, et nous entendions les avions passer par-dessus nos têtes. Nous étions folles de joie à l'idée d'être bientôt libérées. J'ai appris à ce moment-là que mes trois amies avaient été arrêtées une heure après leur tentative d'évasion. Elles couraient dans les prés près de l'usine en espérant trouver de l'aide dans une ferme voisine. Hélas, l'un de nos gardes allemands était couché dans l'herbe en train de faire l'amour avec une fille. Il a remarqué leur salopette bleue et leurs sabots, les a tenues en joue et les a arrêtées. Elles ont été ramenées au camp et mises au cachot dans le quartier disciplinaire. Le bunker était un bâtiment en pierre dont les cellules sombres et minuscules comprenaient en tout et pour tout un seau et un petit socle en brique qui servait de lit. Une petite ouverture était aménagée dans les portes, par laquelle on faisait passer une maigre ration de nourriture. Il n'y avait pas de chauffage, les détenues étaient souvent pieds nus et portaient des vêtements légers. C'était horrible – mais j'ai appris plus tard que le bunker de Ravensbrück était bien pire. Les déte-nues punies y étaient attachées à un chevalet pour y recevoir un nombre donné de coups. Elles devaient les compter, et si elles s'effondraient et perdaient le compte, on recommençait à zéro. La plupart n'y survivaient pas.

Une salopette bleue : le camp de Vught

Je trouvais horrible le sort des trois détenues dans le bunker. Cependant, je me suis dit aussi que j'avais eu de la chance d'avoir suivi mon instinct et de ne pas m'être jointe à elles. À cette époque, on n'avait pas le temps de réfléchir avant de faire un choix, et il était facile de prendre la mauvaise décision. Les trois femmes n'ont jamais révélé que je les avais aidées, mais toutes les détenues ont été punies pour cette tentative d'évasion : nos colis alimentaires de la Croix-Rouge ont été confisqués. Cette punition était une blague, nous ne recevions de toute façon jamais rien de la Croix-Rouge. Avant mon arrivée à Vught, les détenues avaient apparemment reçu des colis d'habitants de Vught ou des villages avoisinants, dont les envois étaient très organisés. Au moment de mon arrivée, il n'y avait plus le moindre paquet. Les gardiens SS et leurs familles se les appropriaient pour s'en empiffrer. Après la guerre, j'ai appris que les nonnes de Vught m'avaient envoyé des colis alimentaires à la demande de Bob et de Dientje. Mais je ne les ai jamais reçus. Je vois comme si j'y étais les gardes SS s'en emparer.

Rétrospectivement, les conditions de vie à Vught étaient relativement bonnes. Pourtant, des choses abominables s'y sont produites aussi. L'une de mes amies m'a raconté le drame qui s'était déroulé dans le bunker six mois environ avant mon arrivée. En janvier 1944, une détenue allemande avait apparemment mouchardé auprès de la direction du camp, après quoi les autres femmes de la baraque lui avaient coupé les cheveux. Sur ce, la responsable de la baraque a été mise au cachot ; quatre-vingt-dix-neuf femmes ont protesté contre cette décision et ont signé une pétition. En guise de punition, le commandant du camp a enfermé le 15 janvier soixante-quinze femmes dans la cellule 23B : un espace de neuf mètres carrés à l'aération quasi inexistante. Les détenues étaient tellement serrées les unes contre les autres que les gardes n'ont pu y mettre les seize dernières femmes, qu'ils ont enfermées dans une autre cellule. Lorsqu'ils ont ouvert la porte de la cellule 23B quatorze heures plus tard, dix prisonnières avaient succombé ; de nombreuses autres avaient perdu connaissance. Les journaux de la Résistance ont appris les faits et ont écrit un article sur l'affaire. Les autorités allemandes ont limogé le commandant du camp et l'ont envoyé sur le front de l'Est, où il est mort.

Le soir du 5 septembre 1944, des coups de feu se sont élevés près du mur qui séparait le camp des femmes de celui des hommes. C'était le Mardi fou[1], mais nous l'ignorions encore. Environ deux cents hommes ont été fusillés, parmi lesquels de nombreux époux et fiancés des détenues de notre camp, j'en connaissais certains. Des prisonnières avaient été emmenées au camp des hommes pour dire

---

1. Les Néerlandais pensaient que la fin de la guerre était proche, car une partie du pays était libérée, mais ils allaient devoir attendre plusieurs mois et subir de terribles représailles allemandes avant la libération totale du pays, le 5 mai 1945.

adieu à leurs proches. Elles sont revenues folles de douleur. Nous savions que l'exécution des hommes était imminente et nous avons tenté de consoler ces pauvres femmes. L'horreur d'être obligée d'entendre se perpétrer un massacre est inexprimable. Pourtant, les années de guerre avaient émoussé notre sensibilité – nous connaissions toutes des personnes qui s'étaient fait abattre. Nous avons pleuré, puis nous avons enterré notre douleur et repris notre existence quotidienne. Pour survivre, il fallait être dure.

Le couloir de la mort
Ravensbrück

Notre convoi a quitté Vught le lendemain de ces terribles événements. J'ai écrit un message à mon amie Greet dans le wagon et je l'ai glissé dans une fente de la paroi en bois ; j'espérais que quelqu'un le trouverait et le lui enverrait. Je m'adressais à elle en l'appelant Gretchen pour ne pas éveiller les soupçons et je lui annonçais que nous serions certainement déportées à Ravensbrück ou à Sachsenhausen.

Notre voyage a duré deux journées interminables et épuisantes. Notre destination était Ravensbrück. Des SS armés de fouets et flanqués de chiens portant un paletot marqué au sigle SS se tenaient à la descente du train. Le *Ravensbrück Memorial Museum Guide* contient le compte-rendu de l'arrivée de nombreuses prisonnières. Anna Stiegler raconte celle de femmes au cours de l'hiver, en février 1940 ; elles étaient attendues par des gardiennes accompagnées de chiens féroces. « Complètement affamées après le long voyage et grelottantes de froid, certaines d'entre nous étaient incapables d'avancer comme on l'exigeait ; elles ont été poussées dans la neige et menacées par les chiens. »

Helena Kazimir, qui est arrivée en novembre 1944, témoigne : « Les chiens portaient exactement le même manteau que leurs maîtres : couleur vert-gris, sur lequel était épinglé l'insigne de la SS. »

Notre détention à Vught ne nous avait pas préparées à ce que des SS nous poussent violemment et nous frappent avec leurs fouets et leurs bâtons. À notre descente du train, tout n'était que cris et pleurs. Mais j'ai tenu bon. La plupart des membres de mon groupe gardaient leur sang-froid, malgré la peur et l'incertitude qui nous accablaient. Nous avancions vers le camp le plus dignement possible. Garder la tête haute était aussi un acte de défi. Et nous savions que nous aurions des ennuis si nous pleurions ou hurlions. Nous voulions éviter d'être frappées.

Ravensbrück était le seul camp de concentration réservé aux femmes. Les prisonnières politiques venaient de France, de Pologne, de Norvège, de Tchécoslovaquie, de Belgique et des Pays-Bas ; certaines étaient des dissidentes allemandes. Seules 15 à 20 % des femmes étaient juives. Je m'y trouvais bien sûr en tant que prisonnière politique et non comme Juive. Rien à Vught n'avait pu me préparer à Ravensbrück. Il y avait peu de gardiennes à Vught, et la plupart étaient néerlandaises. Certaines se montraient terriblement désagréables avec nous, mais ce n'était pas comparable à l'animosité de celles de Ravensbrück. Rétrospectivement, Vught ressemblait à un sanatorium. On nous donnait à manger, nous pouvions nous laver, et nous disposions de serviettes et de vraies toilettes. Une fois à Ravensbrück, je me suis rendu compte que la vie y avait été somme toute assez confortable. J'étais contente de ne pas être isolée à Ravensbrück, d'être entourée de femmes que je connaissais de la Résistance, comme Wil Westerweel, ou du camp de Vught, comme Thea Boissevain, Gusta Eleveld et Ada van den Bosch. Notre seul réconfort était de pouvoir compter les unes sur les autres.

*

Ravensbrück est situé dans le nord-est de l'Allemagne, le lieu est écarté mais facilement accessible de Berlin. Les premières prisonnières y sont arrivées le 18 mai 1939 ; en tout, 132 000 femmes et enfants y ont été détenus. 92 000 d'entre eux ont péri de faim, de maladie ou ont été exécutés. Il y régnait une cruauté inimaginable. Dans les premières années, les nourrissons étaient enlevés à leurs mères et noyés ou jetés dans des cellules où on les laissait mourir. De nombreux enfants ont été enterrés vivants, empoisonnés ou étranglés, et des centaines de petites filles ont été stérilisées. D'autres enfants ont été contraints à des travaux de force : ils ont souvent succombé à la tâche. Plus tard, on n'a plus assassiné systématiquement les nourrissons, mais les conditions de vie étaient telles qu'ils mouraient tout de même. Des baraques destinées à loger 250 personnes en contenaient plus de 1500 : trois ou quatre femmes se partageaient un lit. Des milliers d'entre elles étaient contraintes de dormir à même le sol, sans la moindre couverture. Ravensbrück était le terrain d'épouvantables expériences médicales, de nombreuses femmes y ont été stérilisées. À l'extérieur du camp se trouvait un *Jugendlager*[1] nommé Uckermark ; il s'agissait à l'origine d'un camp de redressement destiné aux jeunes criminelles allemandes et autrichiennes. Plus tard, les nazis l'ont transformé en camp d'extermination pour les femmes malades, incapables de travailler ou âgées de plus de 52 ans. Plus de 5 000 femmes y ont été assassinées. Les condamnées à mort étaient abattues entre deux bâtiments, recevaient des injections mortelles ou étaient gazées dans des camions spéciaux servant de chambres à gaz mobiles. Les nazis ont construit un crématorium à Ravensbrück en 1943 et une chambre à gaz à l'automne 1944. Une horreur indescriptible régnait en ces lieux.

---

1. Camp pour les jeunes ou Camp pour la protection des jeunes.

La maison du commandant était érigée près du portail d'entrée. Les gardiennes, que nous nommions « les souris » à cause de la couleur de leur uniforme, avaient également leurs dortoirs juste à l'extérieur du camp. Ces bâtiments sont toujours là. Les maisons des gardiens SS se trouvaient aussi hors du camp. Ils menaient souvent une vie normale en compagnie de leur femme et de leurs enfants. Ils possédaient des jardins bien entretenus, dont s'occupaient des prisonnières allemandes ou autrichiennes. Elles leur servaient également de domestiques ou d'employées de bureau. Ces détenues étaient privilégiées : elles recevaient un peu plus de nourriture, des vêtements propres ; elles avaient le droit de prendre une douche de temps à autre, et les baraques dans lesquelles elles dormaient étaient nettoyées. Les Allemands avaient la phobie des maladies et des poux, ils s'assuraient donc que les prisonnières qui entraient dans leurs maisons n'en aient pas. Le personnel de la Croix-Rouge qui visitait les camps ne voyait que ces baraques privilégiées, on leur donnait ainsi l'impression que les conditions de vie des détenues étaient relativement bonnes. Les atrocités commises à Ravensbrück n'ont été révélées que bien plus tard. Le complexe de Siemens se trouvait sur une colline située au-dessus du camp. Au départ, il ne s'agissait que d'une usine où se rendaient chaque jour les prisonnières. Cependant, quelques mois après notre arrivée, on y a construit des baraques en bois où dormaient les esclaves de Siemens.

Notre arrivée avait été terrifiante, mais nous ignorions encore tout de l'horrible réalité de la vie à Ravensbrück. Les gardiens et leurs chiens nous ont escortées du train jusqu'au camp. Nous y avons pénétré par un portail pratiqué dans une grille imposante surmontée des mots *Arbeit macht frei*[2] écrits en grandes lettres. Nous sommes passées devant les gardiens et la maison du commandant, puis nous avons remonté la rue principale couverte de cendres et de gravats, avant d'arriver devant une tente. C'était là que nous allions dormir durant la première nuit. Le sol de la tente était lui aussi couvert de cendres. Nous nous sommes assises dans la saleté en nous demandant ce qui nous attendait. J'essayais de ne pas penser à l'avenir et de m'attacher à prendre chaque jour comme il venait. Nous étions épuisées et nous souhaitions dormir. Malgré l'horreur de notre situation, c'était notre seul désir. Tout à coup, une femme hurla : « Une bête ! »

C'était un pou. Gusta Eleveld, que j'avais rencontrée au camp de Vught, a pris les choses en main. « Tout le monde s'installe de ce côté de la tente ! »

Comme la surface était restreinte, nous avons passé la nuit les unes contre les autres. Rétrospectivement, la situation peut sembler comique, car en l'espace de quelques semaines nous étions toutes couvertes

---

2. Le travail rend libre.

de poux et nous avons bientôt trouvé normal de partager d'étroits lits superposés à deux ou à trois. La moitié de notre groupe a dormi à la belle étoile, sur la colline.

Le lendemain, les gardiennes nous ont ordonné de nous mettre en file et d'attendre pour être *entlaust* (épouillées). Nous leur avons assuré ne pas avoir de poux, mais elles se sont mises à vociférer, et nous avons été poussées par groupes de cinq dans un bâtiment. On nous a fait nous déshabiller. On nous a frappées et bousculées nues sous des douches glacées. Puis, on nous a fait attendre l'une derrière l'autre, toujours nues, pour être examinées intimement par un médecin. C'était humiliant et dégradant. Il ne se lavait pas les mains entre les détenues, et je crois qu'il ne portait pas de gants. Même s'il en portait, il ne les changeait pas entre deux auscultations. J'étais furieuse qu'on nous expose à des infections. Certaines prisonnières étant des prostituées, c'est un miracle qu'aucune d'entre nous n'ait été contaminée par une bactérie quelconque. Après cela, on nous a octroyé une mince robe à rayures grises avec une grande croix blanche dans le dos. Nous devions porter des triangles rouges sur nos manches pour indiquer que nous étions des prisonnières politiques ; les prostituées, considérées comme « asociales », portaient des triangles noirs. Notre numéro de matricule se trouvait sur une bande de tissu que nous passions autour du bras gauche. Le mien était le 66947. On ne nous l'avait pas tatoué sur le bras, comme c'était l'usage dans d'autres camps de concentration. Lorsque nous sommes sorties du bâtiment, nous ne ressemblions plus en rien aux femmes en salopettes bleues et propres qui avaient débarqué du train et que l'on appelait *die schöne Holländerinnen* (les belles Hollandaises). Nous avions l'air de mendiantes. Certaines détenues pleuraient, elles avaient été tondues. Soi-disant à cause des poux, mais selon moi par pure cruauté. On réservait surtout ce sort à celles qui possédaient de belles boucles.

Les premières détenues à sortir de la baraque ont prévenu les autres de ce qui les attendait. Les femmes de chaque groupe ont alors confié rapidement tous leurs biens de valeur – tels des pulls – à celles du groupe suivant, afin de les récupérer après l'inspection. On nous avait rendu nos effets avant de partir pour l'Allemagne, et Gusta avait sorti de mon sac le cardigan bleu tricoté par Mams et le stylo-plume Waterman de papa. Elle avait réussi à transporter clandestinement le stylo en le plaçant dans l'étui d'un thermomètre. Elle m'a rendu ces affaires quand ce fut son tour de se rendre dans la baraque servant de salle d'eau, et une fois le mien venu, je les ai passées à d'autres prisonnières pour les récupérer à la fin de mon calvaire. Avoir réussi à sauver des pulls, des chaussures et d'autres biens était une véritable bénédiction. Après la douche, il ne nous restait plus grand-chose, nous ne portions que cette robe légère. Certaines avaient également reçu une fine veste rayée en coton. C'était très réconfortant d'avoir le cardigan de maman et le stylo de papa. J'avais ainsi l'impression d'avoir mes parents près de moi. Et le cardigan était bien pratique. Parfois, j'enfilais mes jambes dans les manches, je le remontais sur mon ventre et, porté comme un sous-vêtement, il me tenait bien chaud.

On nous a emmenées à la baraque qui servait de local de quarantaine dans laquelle se trouvaient des lits superposés dont les paillasses étaient recouvertes de toile bleue. Nous étions toutes tellement épuisées que nous nous sommes endormies immédiatement. Nous avions accroché nos gants de toilette et nos brosses à dents au coin de nos châlits, comme nous en avions l'habitude à Vught, mais c'était très naïf de notre part : le lendemain, tout avait disparu. Plus tard, nous avons appris que les prisonnières et les gardiennes nommaient ce genre d'action un « crime organisé ».

Nous sommes sorties de quarantaine le lendemain, et les gardiennes nous ont escortées jusqu'aux baraques d'habitation permanentes. Nous y sommes restées plusieurs semaines, avant d'être transférées à l'usine. Les baraques ne possédaient qu'une seule entrée. C'était la *Stube* – le séjour – où s'asseyait la *Blockälteste*, c'est-à-dire celle qui surveillait les prisonnières dans chaque baraque. Il s'agissait en général d'une prisonnière allemande ou autrichienne, ou encore d'une criminelle de droit commun ayant acquis des privilèges. Elle disposait d'un petit poêle sur lequel elle chauffait l'eau pour son café. C'était dans la *Stube* qu'elle se divertissait avec ses commises, deux assistantes *Älteste*. Celles-ci étaient souvent extrêmement cruelles, elles frappaient leurs codétenues à coups de poing ou de bâton. Chaque baraque contenait environ deux cents lits superposés à trois niveaux, le surpeuplement était donc terrible et la toile des paillasses d'une saleté repoussante. J'occupais le lit du dessous à ce moment-là. Cela m'arrangeait, car je souffrais de graves problèmes intestinaux et lorsqu'on est malade, il est plus facile de se lever de la couchette du dessous pour se rendre aux toilettes.

On nous réveillait tous les matins à 4 heures. Nous devions nous mettre en rangs par dix pour l'appel, qu'il pleuve, qu'il neige ou qu'il gèle. S'ils nous trouvaient trop lentes, les gardiennes et les officiers SS armés de fouets et flanqués de bergers allemands nous frappaient et hurlaient pour nous faire lever. Puis, l'*Aufseherin* nous comptait, ensuite c'était au tour de l'officier SS. Il y avait toujours une erreur et chaque fois qu'ils se trompaient, ils reprenaient à zéro. Nous n'avions le droit de disposer que lorsque leurs chiffres correspondaient. Deux femmes partaient alors avec les gardiennes et revenaient en portant un tonneau en bois plein d'une eau chaude au vague goût d'ersatz de café. Nous le buvions rapidement dans nos tasses en fer-blanc. Le soir, après le travail et un nouvel appel, on nous octroyait une minuscule quantité d'un semblant de soupe, de l'eau où surnageaient quelques brins d'herbes ou de feuilles de chou, et une fine tranche d'un simulacre de pain. Nous plaisantions en disant qu'il était fait avec de la sciure, mais nous l'avalions avec appétit. Nous étions constamment affamées. Nous prenions les repas assises sur nos lits, la tête courbée ; parfois on nous obligeait à manger dehors, en restant debout. Le séjour était trop petit, nous ne pouvions pas y tenir toutes à la fois. D'ailleurs, il valait mieux rester loin de la *Blockälteste* et de ses assistantes.

Après quelques jours dans le camp principal, la *Blockälteste* m'a demandé de venir la voir. Elle se trouvait en compagnie d'une *Aufseherin* et m'a demandé si je voulais aller dans un *Muttiheim*. Elle disait que la nourriture y était bonne et que j'y recevrais du lait. Je n'avais aucune idée de ce qu'était un *Muttiheim*. Je savais que « Mutti » signifiait maman, mais cette proposition m'a semblé risquée. J'ai refusé. J'ai répondu que je préférais demeurer avec mes amies. Bizarrement, l'offre pouvait se décliner. Quoi qu'il en soit, je trouvais plus sûr de rester au sein de mon groupe. Les quelques amies sûres à qui j'ai raconté cette histoire ont éclaté de rire. Elles m'ont expliqué qu'un « Muttiheim » était un lieu où des jeunes femmes avaient des rapports sexuels avec des soldats allemands, dans le but de procréer des bébés aryens. Elles n'imaginaient pas combien la situation aurait été ironique dans mon cas.

En tant que prisonnières politiques, nous formions un groupe uni. Pourtant, je n'ai jamais fait entièrement confiance à personne autour de moi. Nous nous efforcions de nous protéger mutuellement, mais je n'ai révélé ma véritable identité à aucune de mes amies. Je m'en suis toujours tenue à mon histoire – je m'appelais Marga.

Certaines femmes disaient pourquoi elles avaient été envoyées à Ravensbrück – elles n'avaient rien à cacher. Ma prudence faisait qu'on se méfiait de moi. Je ne racontais jamais rien. C'était trop dangereux.

*

Durant mes premiers jours dans le camp de concentration, j'ai reconnu une femme qui avait été une étoile montante du théâtre avant la guerre. Elle était comédienne, danseuse et chanteuse, et avait quitté Vienne pour s'installer à Amsterdam. Elle mesurait moins d'un mètre cinquante, mais se distinguait par des cheveux d'un roux ardent. Avant la guerre, elle se produisait au Théâtre de Hollande, où elle gagnait chaque jour en notoriété. J'avais voulu coûte que coûte la voir sur scène et j'avais harcelé mes parents pour qu'ils m'emmènent à l'un de ses spectacles. Papa avait commencé par refuser – il se demandait si ce genre de sorties convenait à sa fille de 19 ans. De plus, il trouvait insultant de se rendre au « théâtre juif », mais j'ai tant insisté qu'il a fini par céder. Mams, lui et moi sommes allés ensemble au spectacle. C'était durant l'hiver 1941, la comédienne en question avait alors 21 ans. Malgré sa jeunesse, elle attirait un public fidèle. Je me souviens très bien de cette soirée enchanteresse. Papa possédait un rire haut et fort qui lui était particulier et, durant la représentation, l'un des comédiens sur scène s'est écrié : « J'entends un rire familier ! »

J'étais extrêmement fière que des collègues de mon père le reconnaissent à son rire. Le public s'est bien sûr tourné vers lui, ce qui m'a fait encore plus plaisir. Revoir cette comédienne à Ravensbrück m'a brièvement donné l'impression d'être auprès de mon père. J'ai cependant fait de mon mieux pour rester loin d'elle ; j'étais terrifiée à l'idée qu'elle me reconnaisse et dévoile involontairement mon identité juive.

Les prisonnières qui se trouvaient là depuis un certain temps nous mettaient en garde contre l'eau du robinet, il ne fallait pas la boire même si nous avions très soif – elle nous rendrait malades et nous pourrions en mourir. J'ai suivi leurs conseils, mais j'ai quand même rapidement souffert de terribles coliques. Un matin, je n'ai pas pu quitter assez vite les toilettes pour me rendre à l'appel. Un gardien SS m'a frappée à l'aide d'un bâton, puis de sa ceinture en cuir et en métal. Il m'a traînée à l'extérieur. J'ai perdu connaissance. Deux femmes m'ont portée jusqu'au *Revier*, la baraque qui servait d'infirmerie. J'étais très mal en point et j'y suis restée quelques jours, dans l'un des lits superposés. Nous dormions à trois sur la couchette du dessous, deux Allemandes et moi. Même l'infirmerie était pleine à craquer. Le lendemain matin, les femmes m'ont poussée hors du lit en s'indignant : « *Die schmutzige Holländerin hat sich nicht gewaschen*[3]. »

Je me suis traînée dans le couloir où se trouvaient quelques bassines et des robinets d'eau courante, et je me suis lavée, à moitié nue. À côté de moi, une Polonaise d'un certain âge m'a jeté : « Vous vous lavez trop souvent, les Néerlandaises, c'est pour ça que tant d'entre vous meurent. »

Une *Aufseherin* qui se tenait à l'autre bout du couloir a entendu ces mots et a levé les yeux : « Dis donc, j'étais sûre que la Hollandaise aurait passé l'arme à gauche ce matin. »

Elle m'a poussée de nouveau dans mon lit, et les Allemandes n'ont pas osé protester en sa présence. J'ai appris plus tard qu'elles étaient incarcérées parce qu'elles faisaient du marché noir.

Après quatre jours au lit, des amies néerlandaises de l'usine de masques à gaz de Bois-le-Duc sont venues à la fenêtre de l'infirmerie pour m'annoncer qu'on les déportait dans un autre camp de travail et que je devais me joindre à elles. Mais j'étais trop faible. Je pensais aussi que je ferais mieux de rester

---

3. « La sale Hollandaise ne s'est pas lavée. »

où j'étais, ne sachant pas si les SS examinaient de nouveau les antécédents des prisonnières qui changeaient de camp. J'étais triste d'être séparée de mes amies. Heureusement, certaines ont survécu à la guerre, et nous nous sommes retrouvées à la Libération. Nous nous sommes revues régulièrement lors de réunions aux Pays-Bas.

J'avais terriblement froid, surtout la nuit, même en dormant tout habillée. On m'a informée qu'une Néerlandaise, mère de deux jeunes enfants, travaillait dans la baraque servant d'atelier de couture. Elle proposait des vêtements en échange de pain pour ses enfants. Bien que je sois affamée, j'ai mis de côté ma tranche de pain pendant quelques jours avant d'aller la trouver. J'étais presque sûre qu'elle était l'épouse d'une relation de papa. Mon père connaissait son mari, mais j'espérais de tout cœur qu'elle ne se souviendrait pas de moi. J'ai échangé mon pain contre un caleçon long pour homme qu'elle avait volé dans l'atelier. Posséder ce caleçon me rendait folle de joie, il m'a tenu chaud durant le reste de mon séjour au camp de concentration. J'ai revu mes codétenues pour la première fois trente ans après la guerre, lors de l'inauguration du mémorial de Ravensbrück sur le Museumplein d'Amsterdam. Je me suis approchée de l'une des femmes, Gusta Eleveld, la présidente de la fondation du Comité du camp de concentration de femmes de Ravensbrück, et je lui ai demandé si elle me reconnaissait.

Elle m'a répondu : « Bien sûr que je te reconnais, Marga. J'étais couchée dans le lit en dessous du tien à Ravensbrück. Je me souviendrai toujours de tes jambes blanches dans ton caleçon, qui apparaissaient chaque matin au-dessus de mon lit. »

Durant la journée, les détenues néerlandaises devaient accomplir des travaux physiques harassants. Il fallait par exemple déplacer de lourdes pierres d'un endroit à un autre, ou creuser de grands trous dans un sol argileux, ou encore tirer un énorme rouleau compresseur. L'unique but de ces tâches était bien sûr de torturer les prisonnières. Je voulais éviter ces besognes qui, j'en étais sûre, pouvaient m'être fatales. Wil Westerweel et moi avons réussi à nous glisser dans une baraque vide où nous nous sommes dissimulées dans les lits superposés, sous les paillasses du haut. De là, nous philosophions sur la vie. Je ne connaissais pas encore suffisamment les règles du camp de concentration pour me rendre compte combien c'était dangereux ; si nous avions été découvertes, nous aurions été battues à mort. J'ai commencé à mesurer le danger après quelques jours, mais une autre échappatoire s'est alors présentée à moi. Une amie m'a parlé d'un groupe de Néerlandaises ayant travaillé pour l'usine Philips dans le camp de concentration de Vught ; elles avaient été envoyées à l'usine Siemens et elle m'a proposé de me joindre à elles. Je lui ai dit que je n'avais jamais travaillé pour Philips, mais elle m'a répondu que les Allemands ne vérifiaient pas notre fiche de renseignement ; ils comptaient uniquement le nombre de femmes qui quittaient le camp. Le lendemain, j'ai donc saisi ma chance. Des centaines de femmes faisaient la queue et je me suis jointe à elles. J'avais peur que mon amie ne se soit trompée, mais tout s'est passé comme prévu. Après l'appel du matin, nous nous sommes dirigées vers la porte d'entrée, il était environ 5 h 30. Par rang de cinq, nous grimpions une longue pente au sommet de laquelle se trouvaient les baraques de Siemens. Le travail commençait à 7 heures pile. Les directeurs de Siemens étaient très stricts sur les horaires. J'ai appris plus tard qu'ils ne payaient que quelques centimes de salaire horaire par détenue aux SS.

Une fois dans l'usine, on m'a demandé de prendre place sur un tabouret devant un établi. Ma tâche consistait à souder des fils métalliques très fins qui se trouvaient dans de petites machines ; je suppose qu'il s'agissait de pièces pour avions. J'étais terriblement nerveuse, car je savais que je m'acquittais mal de mon travail ; mes doigts tremblaient. J'étais terrorisée à l'idée d'être renvoyée au camp. Chaque fois qu'un téléphone sonnait à proximité, je me levais d'un bond pour décrocher et j'appelais le chef, Herr Seefeld. J'espérais me rendre tellement utile qu'on ne me demanderait plus de travailler aux machines. Le plan a fonctionné jusqu'à ce qu'une personne haut placée téléphone de Berlin. J'ai répondu comme d'habitude et j'ai appelé Herr Seefeld, mais on lui a fait comprendre que les prisonnières n'avaient pas le droit de décrocher le téléphone. Cette activité salutaire a donc pris fin. J'étais désespérée. Je ne comprenais rien à la besogne qu'on m'avait assignée, et cela me rendait si nerveuse qu'un jour je me suis évanouie. J'étais vraiment malade, mais le stress n'a pas dû arranger les choses. Je me sentais tellement mal que je n'arrivais plus à réfléchir correctement. On m'a ramenée à la baraque de l'infirmerie, où j'ai appris que je souffrais du typhus. Bien que très faible encore, j'ai dû quitter l'infirmerie après quelques jours, et on m'a envoyée dans une baraque voisine. Il m'aurait été impossible de sortir du lit dans des circonstances normales, j'étais à bout, mais on rassemble ses forces quand c'est nécessaire. Une jeune Néerlandaise portant une étoile jaune sur la poitrine, pauvre petite, est venue me voir. Elle m'a demandé : « Tu es Marga van der Kuit ? » Siemens allait ouvrir une nouvelle baraque dont Herr Seefeld aurait la direction, il me voulait comme secrétaire. Je ne l'ai jamais revue. Je pense qu'elle a été envoyée à Auschwitz.

La chance était de nouveau de mon côté. Herr Seefeld avait remarqué que je répondais au téléphone et il m'a confié plus tard que je lui faisais penser à sa fille. Cet heureux hasard et ma détermination à quitter ces baraques et à travailler dans l'usine Siemens malgré ma faiblesse m'ont permis de me trouver dans l'une des meilleures situations possibles à Ravensbrück. J'étais assise en face de Herr Seefeld, à son bureau, une semaine de jour et l'autre de nuit.

C'était un homme très banal, grand, au visage rond et rasé de près, approchant de la cinquantaine. Ses cheveux étaient soigneusement peignés en arrière. Il travaillait pour Siemens depuis la fin de ses études. Il était aussi amical et humain que possible dans ces circonstances abominables, et nous entretenions des conversations animées, surtout durant les longues nuits d'hiver. Ma jeune *Aufseherin* n'était pas si méchante que cela non plus. Je ne l'ai jamais entendue ni vue être cruelle. Elle me laissait aller seule aux toilettes en dehors de la baraque de Siemens, même la nuit.

Les toilettes se trouvaient dans une petite cabine individuelle, comme des W-C de chantier. J'ai souvent songé à m'évader, mais de là où j'étais, on voyait les miradors et les projecteurs circulaires, je me disais alors qu'il valait mieux rester. Je me souviens surtout du jour où j'ai trouvé le premier pou sur mon corps en allant aux toilettes, quelques mois après mon arrivée. La plupart des femmes en étaient déjà couvertes. Je craignais qu'elles ne pensent que mon sang était différent du leur parce que je n'avais pas de poux, j'étais donc extrêmement soulagée en voyant cette horrible bestiole. Nous avions vraiment des idées ridicules en ce temps-là ! Mais ma peur d'être démasquée était plus que justifiée : la plupart des prisonnières juives avaient déjà été envoyées à Auschwitz.

J'ai souffert de la dysenterie durant tout mon séjour à Ravensbrück. Les toilettes du camp étaient constituées d'une longue banquette percée de trous et surmontée de robinets. Elles se trouvaient assez loin de notre baraque. Une nuit, j'ai eu atrocement mal au ventre, il fallait que je m'y rende de manière urgente. Je dormais sur la couchette du milieu dans le lit superposé et j'ai essayé de me retenir en descendant du châlit. Je portais mon caleçon long et mon cardigan bleu que je ne voulais surtout pas salir. Ne pouvant pas me retenir plus longtemps, je me suis soulagée dans un grand bidon tout près de l'entrée de la baraque. Le lendemain matin, la *Blockälteste*, qu'on disait être une baronne autrichienne, a demandé qui était responsable. Tout le monde s'est tu. Lorsqu'elle a menacé d'en parler à l'*Aufseherin* et de punir toute la baraque, j'ai confessé être la coupable. Comme punition, elle m'a frappée. La *Blockälteste* m'a donné des coups au visage et à la tête. Il était hors de question de riposter – cela aurait été trop dangereux. J'ai mis instinctivement mes mains devant mon visage. Cela ne m'a pas servi à grand-chose. Elle m'a battue si brutalement que je me suis effondrée, évanouie. Ma plus grande crainte était qu'elle informe les SS de l'affaire. Elle-même était prisonnière, bien sûr, mais elle jouissait d'un certain pouvoir. Il n'y a pas eu de suites à cette affaire, qui sait, peut-être que mon travail a contribué à me sauver.

En novembre 1944, des baraques-dortoirs ont été construites à l'intention des déportées travaillant pour Siemens. Elles étaient placées à côté de l'usine, afin d'éviter le trajet à pied depuis le camp, qui faisait perdre une demi-heure matin et soir. Nous bénéficiions également du luxe de partager un lit à deux, au lieu de trois ou de quatre détenues. Les femmes qui travaillaient de jour y dormaient la nuit et celles qui travaillaient de nuit y dormaient le jour. Nos conditions de vie étaient identiques pour le reste. La plupart des Néerlandaises se trouvaient dans la même baraque. Nous devions toujours nous lever tôt pour l'appel, nous buvions toujours du mauvais café. Le progrès, c'est que nous n'avions en général pas à subir les gardiens SS et leurs chiens, seule notre *Aufseherin* nous accompagnait à l'usine et elle y restait pour nous surveiller. Nous essayions de survivre tant bien que mal. Les femmes qui tombaient malades étaient emmenées à l'infirmerie du camp de base et nous ne les revoyions plus. On nous disait qu'elles avaient succombé à leur maladie, mais nous avons appris plus tard qu'elles recevaient une injection mortelle ou étaient gazées.

Nos conditions de vie étaient lamentables. Nous ne pouvions pas laver nos vêtements, la puanteur dans les baraques était donc insupportable. Il valait presque mieux attendre dehors pendant l'appel, même s'il durait parfois des heures et qu'il fallait se tenir debout dans la neige ou le froid glacial. Comme nous étions toutes faibles et sous-alimentées, aucune d'entre nous n'avait ses règles – c'était un souci de moins, vu l'hygiène déplorable. De nombreuses femmes en sont restées stériles toute leur vie ; après la guerre, des médecins m'ont annoncé à moi aussi que je ne pourrais probablement pas avoir d'enfants. Certaines déportées, dont Annie Hendricks, étaient enceintes en arrivant à Ravensbrück. Son mari avait été fusillé à Vught avant notre départ. Elle accomplissait des tâches extrêmement lourdes, comme transporter un grand bidon contenant de la soupe, du café ou des détritus, après avoir déjà effectué une journée ou une nuit de travail, en échange de quoi elle avait droit à un peu plus de nourriture – de la purée de pommes de terre avec des carottes ou une soupe épaisse contenant des choux-raves et des carottes. Elle était obligée de faire le travail elle-même ; personne n'avait le droit de lui prêter main-forte. Mais plus la naissance du bébé approchait, plus je lui proposais mon aide. J'allais par exemple lui chercher son repas. La cuisine se trouvait loin de notre baraque et une fois sur place il fallait encore faire la queue avant d'être servie ; elle me donnait donc son ticket et je m'y rendais pour elle. Je n'oublierai jamais l'odeur de purée de pommes de terre aux carottes. Pour une personne affamée, ce fumet était tout simplement divin. J'avoue qu'il m'est souvent arrivé de vouloir goûter à sa nourriture, mais je ne l'ai jamais fait. Le fils d'Annie est né peu après.

Notre dîner consistait en un bouillon clair. Je n'ai pu avoir de la purée qu'une seule fois, lorsque j'ai failli mourir de la dysenterie et qu'on m'a amenée à l'infirmerie. Nous n'y allions qu'en cas d'extrême nécessité. Le médecin ne venait presque jamais nous voir, mais lorsqu'il nous envoyait à l'infirmerie du camp de base, nous étions terrifiées à l'idée de ne pas en revenir ou d'être utilisées comme cobayes pour des expériences médicales – puis d'être gazées. Au moment où notre convoi est arrivé à Ravensbrück, le camp de concentration était particulièrement surpeuplé, et tout le monde savait que les malades étaient éliminées. Ma colique persistait et je m'affaiblissais de plus en plus. J'ai tenté de tenir bon aussi longtemps que possible, mais un dimanche j'ai fini par me rendre dans la baraque du médecin. On ne pouvait y aller que ce jour-là, parce qu'il était interdit de rater le travail. Une femme médecin venait de remplacer le médecin SS ; cela m'a donné un peu d'espoir. J'ai dû faire la queue dehors pendant une heure pour attendre mon tour. La médecin était plutôt gentille, elle m'a donné un ticket pour recevoir de la purée à la cuisine. Je n'y ai eu droit qu'une seule fois, mais cela s'est avéré suffisant pour arrêter ma sévère diarrhée. Je ne me suis jamais vraiment débarrassée de mes problèmes de colique, j'en ai encore souffert des années après la guerre. Les médecins trouvaient que mes intestins étaient irrités, comme s'ils avaient été longtemps infectés. À présent, plus de soixante-dix ans plus tard, ils me font souffrir lorsque j'ai pris froid ou que je suis très fatiguée.

Nous possédions chacune un gobelet, une assiette et une cuillère en fer-blanc qu'il fallait toujours porter sur soi – de peur des vols. Le travail de l'une des Hollandaises, Tine van Yperen, consistait à nickeler des fils électriques. Elle nous a proposé d'utiliser sa machine pour rafraîchir nos cuillères en fer-blanc. Elles étaient superbes après cela, on aurait dit qu'elles étaient en argent. Cela peut sembler bien futile, mais nous ne possédions rien de joli – nous saisissions donc chaque occasion d'embellir notre quotidien. Posséder quelque chose de beau était vraiment important. C'était bien sûr interdit et dangereux ; se faire prendre, c'était se retrouver en cellule d'isolement au bunker, voire pire. Cela comptait aussi bien pour la femme qui nickelait les cuillères que pour les prisonnières qui les utilisaient.

Protéger sa cuillère, son gobelet ou son assiette était de la plus haute importance. Sans ces ustensiles, il vous était impossible de manger la soupe infecte, ni de boire le café infâme. Les vols étaient moins importants dans le camp Siemens, probablement parce qu'il était beaucoup plus petit. Mais on risquait un larcin dès que l'on relâchait son attention. Je n'ai pas réussi à manger ma tranche de pain le soir où j'ai souffert de cette terrible colique ; je l'ai cachée à la tête de ma paillasse. Cette nuit-là, j'ai été réveillée par une main qui s'emparait de mon pain. La voleuse s'est dépêchée de grimper dans le lit d'en face. J'étais stupéfaite, surtout parce que cette femme m'avait toujours semblé tellement gentille. Avant son incarcération, elle avait été juriste aux Pays-Bas. Je ne pouvais pas l'accuser : d'une part je n'avais pas de preuve et d'autre part je ne voulais pas qu'elle soit punie. C'était vraiment triste. Elle commençait à développer des troubles mentaux ; peu après, on l'a emmenée au camp de base, où elle a certainement été assassinée. Elle n'était pas la seule dans ce cas. Certaines femmes perdaient vraiment l'esprit. Elles commençaient par afficher un sourire bizarre ; puis elles se mettaient à rire à gorge déployée, et cela ne faisait qu'empirer.

Je voulais absolument survivre – cet instinct fait partie de mon caractère et ne m'a jamais fait défaut tout au long de ma vie – mais pour cela, je ne devais pas perdre espoir. Abandonner tout espoir, c'était sombrer dans la dépression et anéantir ses chances de survie. C'est ce qui était arrivé aux femmes devenues folles : elles avaient perdu l'espoir.

La plupart du temps, je ne pensais pas, je me contentais d'exister. J'écartais les idées négatives, ce qui me permettait de vivre dans l'instant. Cette aventure m'avait aussi enseigné une autre leçon précieuse : après cela, j'ai toujours mangé ma tranche de pain dès que je la recevais.

*

Une nuit, alors que j'étais de service, la gardienne en chef est venue faire une inspection ; je dormais sur le lit de camp dans le bureau qui se trouvait à l'arrière de la baraque Siemens. Herr Seefeld m'avait dit de m'allonger, vu mon état de maladie et de faiblesse :

— Ne t'avise pas de partir par la cheminée, Van der Kuit !

« La cheminée » signifiait le crématorium.

La gardienne en chef était furieuse et a sévèrement réprimandé l'*Aufseherin* qui m'avait permis de dormir. Celle-ci s'est alors mise à hurler contre moi pour la première fois. Elle craignait certainement d'avoir elle-même des problèmes. Pourtant, à mon grand étonnement, cette affaire n'a pas eu de conséquences. Je m'étais préparée à une punition, voire à des coups. Je suppose que Seefeld en a discuté avec la gardienne en chef et qu'elle a décidé de ne pas prévenir sa hiérarchie – elle aussi aurait risqué un blâme pour avoir laissé se produire une telle chose.

Au début, chez Siemens, on nous octroyait une tranche de pain supplémentaire à minuit ; une ou deux fois, elle a même été accompagnée d'une fine rondelle de saucisson allemand. On m'a demandé de couper la saucisse en portions extrêmement fines. Nous étions deux cents à deux cent cinquante femmes, et il n'y avait qu'une seule et longue saucisse. J'ai eu beau couper les rondelles le plus finement possible, il n'y en a pas eu suffisamment pour tout le monde. Certaines détenues n'ont rien reçu, et j'en faisais partie. Je disais aux femmes qui repartaient les mains vides qu'elles seraient les premières servies la prochaine fois, mais en général il n'y avait pas de prochaine fois. Les SS se gardaient les saucisses, au même titre que les colis alimentaires de la Croix-Rouge.

Une seule autre Néerlandaise dormait dans ma baraque, et elle n'arrêtait pas de pleurer. Les nazis l'avaient déportée parce qu'ils recherchaient son fiancé juif. Elle m'a raconté qu'il s'était enfui en Suisse, mais elle m'a avoué après la guerre qu'il se cachait chez ses parents. Elle était terrifiée à l'idée qu'on le découvre et que lui et ses parents soient envoyés en camp de concentration. Assise à l'une des longues tables, elle accomplissait son travail de soudure, le visage baigné de larmes. Herr Seefeld m'a demandé d'aller la voir pour apprendre ce qui l'affligeait. Il a peut-être usé de son influence, car elle a été libérée quelques mois plus tard et a pu rentrer chez elle. Elle a épousé son fiancé juif après la guerre.

Lorsqu'elle est partie, Herr Seefeld m'a dit : « Lorsque tu seras libérée, Van der Kuit, tu iras au siège social de Siemens à Berlin, tu leur diras que tu viens de ma part. Ils te donneront un bon poste. »

Je pensais : *si tu savais...* J'espérais de tout cœur qu'il ne ferait rien pour m'aider, car ils vérifieraient de nouveau mes papiers. Je me sentais plus en sécurité dans le camp de concentration.

Herr Seefeld faisait vraiment de son mieux pour être gentil. Lorsque je lui ai parlé de deux femmes de ma connaissance, une mère et sa fille, qui exécutaient des travaux de force au camp de base, il m'a dit qu'elles n'avaient qu'à se mettre dans les rangs le matin suivant et il leur a trouvé du travail dans sa baraque. Elles buvaient constamment de l'eau du robinet. Herr Seefeld m'a demandé de les informer que c'était dangereux, mais elles n'en ont pas tenu compte et sont tombées très malades. La mère est morte ; la fille est devenue folle et a été renvoyée au camp de base où elle est décédée également – ou a été assassinée.

Un jour, Seefeld m'a demandé de faire venir toutes les femmes travaillant pour Siemens par groupes de cinq – il voulait les payer. Il pensait certainement bien faire, mais j'étais consternée. J'avais l'habitude de représenter les ouvrières et j'étais amie avec la plupart d'entre elles. J'étais une sorte d'intermédiaire entre Seefeld et les prisonnières – c'était à moi de les tenir informées et elles m'admiraient un peu. J'ai déclaré aux détenues que nous ne devions pas accepter cette rémunération, puisque nous ne travaillions pas de notre plein gré. J'étais contre ce paiement par principe, et la plupart des femmes étaient d'accord avec moi. Nous ne voulions rien faire qui puisse donner l'impression que nous acceptions notre situation. Nous étions des détenues et nous devions le montrer clairement. Seefeld m'a demandé de me tenir derrière sa chaise, et d'annoncer le nom et le numéro de matricule des femmes à qui il allouerait des tickets pour le « magasin ». Chaque fois qu'une femme venait à la table, je secouais la tête et elle répondait : « *Nein*[4]. »

Elles n'ont pas pris les tickets. Après plusieurs refus, Seefeld m'a dit : « Explique-leur, Van der Kuit, que ces tickets leur permettront d'acheter à manger et d'autres choses dans le magasin. »

Je lui ai répondu : « Nous ne sommes pas des employées. On nous force à accomplir un travail d'esclave. Sans compter qu'il n'y a pas de magasin dans notre camp. »

Il était abasourdi, mais il continuait à proposer des tickets pour le travail effectué. Lorsque nous avons repris cette conversation plus tard, je lui ai répété que nous étions réduites en esclavage. Cette affirmation l'a stupéfié une fois de plus. « Mais vous avez toutes enfreint la loi, c'est pour ça que vous êtes punies ! »

---

4. « Non. »

Pauvre homme, quel naïf. Je devais prendre garde à mes paroles, mais je lui ai répondu que mon pays était occupé par une force ennemie dont les lois n'étaient pas les nôtres et que de nombreuses femmes, surtout dans le camp de base, mouraient de faim et de maladie. Il en a semblé peiné et n'a plus jamais remis le sujet sur le tapis.

Au bureau, je me trouvais à côté de Vally Novotna, une très belle jeune femme tchèque. Elle avait un visage aux traits slaves absolument splendides et elle était extrêmement intelligente. Elle m'a raconté qu'avant de se retrouver à Ravensbrück, elle avait fait quatre ans de travaux forcés dans une mine de sel. Elle était toujours bien habillée, portait un pull épais, des bottes et un manteau élégant que je lui enviais. Les Tchèques exerçaient une grande influence à Ravensbrück. Beaucoup d'entre elles avaient, tout comme certaines prisonnières allemandes et autrichiennes, des positions privilégiées dans le camp de base et dans le camp de Siemens, surtout dans les cuisines et la *Bekleidungskammer* – les pièces où étaient stockés les biens des détenues et les vêtements qu'elles portaient à leur arrivée. Les Tchèques avaient été déportées bien avant les Néerlandaises, beaucoup d'entre elles dès l'invasion de la Tchécoslovaquie, en mars 1939. Elles s'entraidaient et formaient une communauté soudée. C'était essentiel pour survivre. Vally semblait vraiment m'apprécier ; j'avais de la chance d'être son amie. Un jour, alors qu'il faisait de plus en plus froid et que je grelottais, elle m'a dit d'aller voir une Tchèque de sa part en lui précisant que j'étais l'amie de Vally. J'avais peur – on avait toujours peur –, mais le dimanche suivant, je me suis rendue à la *Bekleidungskammer* pour rencontrer cette femme. J'ai mentionné le nom de Vally et je lui ai dit que je m'appelais Marga. Elle semblait au courant de ma venue. Elle m'a donné un très beau manteau noir matelassé et un bonnet d'hiver. Les mois passés dans le camp de concentration m'avaient terriblement amaigrie. Le manteau était étroit mais il m'allait parfaitement, et je me sentais plutôt bien habillée en le portant. Il possédait même une poche intérieure, dans laquelle je conservais le stylo-plume de papa. À qui avait appartenu ce vêtement ? Probablement à une femme ou à une jeune fille juive qui avait été assassinée ici ou dans un autre camp de concentration. La plupart des Juives de Ravensbrück étaient envoyées à Auschwitz. Le sort de l'ancienne propriétaire de mon manteau me faisait beaucoup de peine, mais j'étais soulagée d'être vêtue si chaudement. Il fallait prendre tout ce qu'on pouvait. Ce manteau d'hiver m'a servi durant le reste de ma captivité. Je le portais constamment.

Un jour que je me sentais particulièrement déprimée et malade, Vally m'a offert une tranche de pain garnie d'oignons finement coupés. Cela peut sembler peu appétissant, mais c'était meilleur que le plus délicieux des gâteaux ! Elle m'a dit de ne pas baisser les bras et de penser à quelque chose de positif. Sa gentillesse m'a fait du bien. Nous nous soutenions mutuellement. Le groupe était essentiel dans notre survie. Nos amies étaient devenues notre famille. Quelques mois plus tard, juste avant notre libération, j'ai reçu un colis alimentaire de la Croix-Rouge suédoise, le seul qui me soit parvenu. Ce jour-là, Vally s'est approchée de l'ouverture dans le mur de la baraque, là où aurait dû se trouver la vitre, et je lui ai offert une partie du précieux paquet : du pain avec de la saucisse de foie, des gâteaux et du chocolat. Vally m'a raconté que les Norvégiennes et les Danoises avaient elles aussi reçu des colis de la Croix-Rouge juste avant d'être libérées, mais je ne la croyais pas. Nous n'avions vu partir personne et n'avions entendu aucune rumeur de libération. Vally n'en démordait pas. Elle disait que nous serions nous aussi libérées rapidement, mais je n'arrivais pas à me l'imaginer.

Les rumeurs de libération persistaient. Vally m'a donné le nom de son frère qui habitait à Prague, le docteur Novotni. J'ai essayé de le joindre à plusieurs reprises après la guerre, mais durant de longues années, il était impossible de communiquer avec la Tchécoslovaquie. J'ai essayé également de passer par l'International Ravensbrück Organisation pour avoir des nouvelles de Vally, sans succès là aussi. Je me suis longtemps demandé ce qui lui était arrivé, en espérant qu'elle ait survécu. Elle ne connaissait bien sûr pas mon vrai nom, et je ne lui avais jamais raconté ma véritable histoire. Mais j'avais envoyé mes deux noms à la Croix-Rouge en faisant ma demande de renseignement. En 2010, à l'occasion d'une conférence que j'avais donnée à Ravensbrück, j'ai discuté avec des femmes tchèques qui visitaient le camp et leur ai demandé de faire des recherches pour savoir ce qui était advenu de Vally. J'ai appris en 2015 qu'elle avait été envoyée en Suède à la fin de l'année 1945 et qu'elle était retournée plus tard en Tchécoslovaquie. Elle est peut-être décédée entre-temps, car les anciennes déportées sont très vieilles à présent.

Certains dimanches, nos seuls jours de repos, les Néerlandaises étaient appelées à effectuer de gros travaux de rénovation dans le jardin et dans la maison du commandant SS du camp Siemens. Thea Boissevain, une amie néerlandaise, m'a appris par la suite qu'elles devaient transporter de lourdes pierres et d'autres matériaux de construction. J'aurais dû faire partie de l'équipe, mais j'ai eu, de nouveau, la chance d'y échapper. Je devais aller aux W-C au moment de l'appel. J'ai demandé la permission d'y aller à l'*Aufseherin* qui m'a dit : « D'accord Marga, mais dépêche-toi ! »

En sortant des W-C, je n'ai plus vu personne, les détenues étaient déjà parties. Je ne savais pas où elles étaient allées et je me suis bien gardée d'aller à leur recherche. Je me suis donc dirigée vers le bloc de cuisine, où je me suis installée parmi les Tchèques, les Hongroises et les Polonaises. J'avais compris comment m'épargner ce lourd travail supplémentaire et j'ai répété la manœuvre chaque fois. Même celles qui parvenaient à éviter les travaux de force souffraient de fatigue chronique due à la sous-alimentation et au manque de sommeil. Je ne peux pas imaginer comment se sentaient celles qui les effectuaient.

Le dimanche était aussi le jour où l'on nettoyait les baraques. Lorsque nous n'étions pas de corvée, nous devions rester dehors toute la journée et nous faisions alors de notre mieux pour nous mettre à l'abri. Je possédais mon manteau matelassé et des chaussures hautes, je m'en sortais donc mieux que la plupart des détenues, mais le froid était mordant cet hiver-là. Certaines femmes en sont tombées malades et on les a emmenées au camp de base. Elles ne sont jamais revenues.

Les conditions de vie à Ravensbrück ont encore empiré à partir de 1945. Les Russes libéraient les camps de concentration d'Europe de l'Est, et les nazis aux abois déplaçaient le plus possible de détenus vers l'Allemagne. Des milliers de prisonniers d'Auschwitz sont arrivés à Ravensbrück à la suite de leur commandant SS. Un soir de janvier 1945, alors que nous étions en route pour le service de nuit à l'usine Siemens, nous avons croisé une longue colonne de femmes affamées et vêtues misérablement. Je leur ai crié : « *Holland, Dutch, Niederlanden*, Pays-Bas ? »

Personne n'a répondu. Elles semblaient venir d'Europe de l'Est. Elles étaient faméliques, malades, crasseuses, épuisées. Cela faisait des jours qu'elles marchaient ou voyageaient enfermées dans des wagons à bestiaux. À ce moment-là, Ravensbrück était tellement surpeuplé que, dans le camp de base, les détenues se partageaient un lit à cinq ou six. Certaines passaient parfois une ou deux nuits dans notre baraque de l'usine Siemens. Je me souviens notamment d'une jeune Anglaise qui racontait qu'elle était mariée à un Français et qu'elle avait été arrêtée en France parce qu'elle était résistante. Nous n'avons pas revu ces femmes après la guerre. Nous entendions régulièrement des coups de feu. Près du camp de jeunesse d'Uckermark se trouvait un chemin où les nazis menaient les déportées pour les fusiller, nous l'appelions le « couloir de la mort ». D'autres détenues étaient amenées dans les bois environnants. Ou alors on les gazait. Ravensbrück comptait déjà une chambre à gaz et des fours crématoires, mais une chambre à gaz supplémentaire en provenance d'Auschwitz a été installée dans le camp. Nous sentions littéralement l'odeur des exécutions quotidiennes. C'était d'une horreur indescriptible. Des prisonnières qui travaillaient à Uckermark nous racontaient ce qui s'y passait. Toutes les rumeurs qui circulaient étaient donc vraies. Les Allemands affolés voulaient laisser le moins de témoins possible ; le 23 avril, ils continuaient à assassiner des femmes, tandis que la Croix-Rouge suédoise avait commencé à libérer des prisonnières.

Un jour, en janvier 1945, alors que nous nous tenions prêtes comme d'habitude pour l'appel, on nous a informées qu'il ne se tiendrait pas devant notre baraque. Les gardiens effectuaient une sélection. On nous a annoncé que les femmes âgées seraient envoyées dans un autre camp, un camp spécial où elles n'auraient pas besoin de travailler. Il s'agissait bien sûr d'un mensonge. Nous avons appris plus tard qu'elles avaient été regroupées à Uckermark et gazées.

J'essayais de suivre le conseil de Vally et de penser à des choses agréables, mais c'était difficile. J'avais perdu tant de mes amies. Je me demandais souvent ce qui était arrivé à ma famille, mais je n'osais pas trop y réfléchir, de peur de parler dans mon sommeil. Je soupçonnais même les Allemands d'avoir trouvé le moyen de lire dans nos pensées. À présent cela semble stupide, mais nous étions si traumatisées que nous n'étions plus capables de raisonner normalement. J'essayais de me rappeler des poèmes, en manière de diversion. Comme ce poème de Thomas Hood, que j'avais appris à l'école et que j'adorais : « *I remember, I remember / The house where I was born / The little windows where the sun / Came peeping in at morn*[5]. »

---

5. « Je me rappelle – oh ! oui je me rappelle / La maison où je vis le jour, / La petite fenêtre où dardait l'étincelle / Du soleil, m'annonçant la vie et son retour. »

Je suis encore capable de le réciter par cœur. Le sentiment de chez-soi, de douceur familiale qu'il suscitait m'était d'un immense réconfort. En réalité, c'est un poème triste, mais je ne pense pas que cela m'ait traversé l'esprit à ce moment-là. Le sentiment d'intimité qui s'en dégageait me consolait. Je connaissais aussi par cœur des poèmes de Rainer Maria Rilke et des chansons néerlandaises que je fredonnais à voix basse pour exercer ma mémoire et me remonter le moral. Je volais du papier pour les noter, puis je les cachais. Dérober du papier n'était pas très difficile, j'en trouvais facilement là où je travaillais. Mais c'était dangereux. Si j'étais découverte, je serais punie et probablement envoyée dans le bunker. Beaucoup de femmes ont pris le risque d'écrire et de dessiner. Cela peut sembler très bête, mais l'esprit humain a besoin de ce genre de choses, sans quoi il meurt – et les petits actes d'indépendance et de résistance nous aidaient à tenir le coup.

Ma jeunesse m'a aidée à survivre, bien sûr, ainsi que mon attitude. J'ai appris à mettre mes soucis de côté et à me contrôler. Je voulais survivre, et j'ai tout fait pour y parvenir. Je ne voulais pas donner aux Allemands la satisfaction de me tuer.

Mon vrai nom
La Libération

À l'aube du 14 avril 1945, les Néerlandaises et les Belges du camp Siemens ont reçu l'ordre de sortir des baraques. La journée de printemps s'annonçait magnifique. Le soleil s'est levé et il s'est mis à faire chaud ; il faisait bon dehors. Je n'avais vécu que l'automne et l'hiver à Ravensbrück, la perspective d'un temps plus doux était un vrai soulagement. Pourtant, tout ce qui s'écartait de la routine nous effrayait, et c'était le cas à présent. Nous avons attendu quelques minutes au soleil, puis nous avons marché en rang vers le camp de base sous la conduite des soldats SS. En passant devant Uckermark, nous avons pensé que notre dernière heure avait sonné. Les femmes plus âgées qu'on y avait emmenées deux mois plus tôt avaient toutes été gazées. Je croyais que notre tour était venu, et je lisais sur les visages blêmes de mes codétenues qu'elles partageaient ma crainte. Mon cœur battait à tout rompre ; allais-je mourir maintenant, après avoir échappé à la mort durant tout ce temps ?

Le bruit courait que les détenues norvégiennes et danoises avaient été libérées quelques semaines auparavant, mais était-ce vrai ? Nous en doutions. Trop d'entre nous avaient eu vent de rumeurs de liberté, de meilleurs camps et de meilleurs traitements – qui s'étaient toutes révélées fausses. Notre soulagement fut grand en dépassant Uckermark. Les battements de mon cœur se sont calmés. Nous avons poursuivi jusqu'au camp de base, et nous nous sommes arrêtées devant une baraque. Qu'est-ce que cela signifiait ? Les spéculations allaient bon train. Des rumeurs folles annonçaient notre libération, mais elles semblaient peu probables. Il valait mieux ne pas y croire. Si elles se révélaient fausses, cela nous anéantirait. Nous, les prisonnières belges et néerlandaises, venions de recevoir pour la première fois un colis alimentaire de la Croix-Rouge, et cela nous redonnait espoir. Quelque chose avait changé. Nous discutions sans fin, nous débattions de toutes les options possibles en tentant de garder le moral. La nouvelle courait que les Allemands étaient en train de perdre la guerre, mais cela ne faisait qu'exacerber notre peur ; ils assassinaient chaque jour des détenues, et nous savions qu'ils ne voulaient pas laisser de survivantes qui pourraient dénoncer leurs atrocités.

Mon vrai nom : la Libération

Pendant neuf jours, nous sommes restées dans le camp de base sans que rien ne se passe. Nous avons passé des heures abominables. À tout moment, nous pouvions être traînées à Uckermark pour y être assassinées. Nous pensions mourir bientôt, mais nous étions résignées. De toute façon, nous ne pouvions rien y changer. Durant neuf jours, nous avons subi l'appel matin et soir, pour rien. Le reste du temps, nous traînions dehors ou nous dormions dans les baraques.

Le 23 avril, toutes les Néerlandaises et les Belges ont reçu l'ordre de rester à l'extérieur après l'appel. On nous a emmenées vers la rue principale. Nous pensions toutes que c'était la fin. J'essayais de cacher ma terreur, mais je tremblais et j'avais du mal à respirer. Le gardien a fait l'appel de nos numéros de matricule. Cela n'a pas été aussi long que d'habitude ; nous étions bien moins nombreuses à présent : tant des nôtres avaient été assassinées, étaient mortes de maladie ou avaient été envoyées dans d'autres camps. Lorsque l'appel des noms a pris fin, on nous a sommées de passer la porte d'entrée du camp par rang de cinq, comme d'habitude. Au total, nous devions être 190 femmes. Je marchais à côté de mon amie Dit Kuyvenhoven. Étions-nous en route pour les chambres à gaz ? La chance avait-elle fini par m'abandonner ? Je m'efforçais de marcher le plus courageusement possible en sachant que mes camarades faisaient de même. Une fois passé le portail, on nous a ordonné d'attendre. Nous patientions déjà depuis un certain temps sans savoir ce qui allait advenir de nous. Soudain, une voiture de sport est apparue dans le lointain. Elle s'approchait de plus en plus. C'était une décapotable. Nous retenions notre souffle.

À notre stupéfaction, le véhicule s'est arrêté à notre hauteur. Un beau jeune homme le conduisait. Il a sauté de la voiture en nous annonçant qu'il venait nous libérer. Il ne portait pas d'uniforme. Il s'est alors présenté et nous a appris qu'il était suédois. Son ami, le comte Folke Bernadotte, le vice-président de la Croix-Rouge suédoise, avait affrété des autocars qui nous conduiraient en Suède. Cette annonce nous paraissait surréaliste. C'était tellement inattendu que j'osais à peine y croire, mais il disait visiblement la vérité. Nous avions du mal à contenir notre enthousiasme. Après toutes ces années, la guerre semblait se terminer et nous étions enfin libres.

Pourtant, une nouvelle déception nous attendait : les autocars de la Croix-Rouge ne sont pas venus. On les surnommait les « bus blancs », car ils étaient peints entièrement en blanc, sauf le grand emblème de la Croix-Rouge sur les côtés – afin qu'on ne les bombarde pas en les confondant avec des véhicules militaires. Nous espérions de tout cœur voir apparaître un de ces bus dans le lointain, mais l'attente s'éternisait, et nous avons fini par douter de leur venue. Pendant ce temps, nous discutions avec le Suédois ; nous lui avons raconté notre vie dans le camp de concentration. Nous nous trouvions dans une situation tellement inouïe que nous ne songions même pas à nous asseoir, nous sommes restées debout durant des heures. Le Suédois nous a offert du chocolat et des cigarettes, les premières depuis notre captivité. Après qu'il m'en eut allumé une, je lui ai demandé de m'informer sur la situation en Europe. Soudain, mon *Aufseherin* qui se penchait par la fenêtre de son dortoir en cirant ses grandes bottes noires m'a crié : « *Nicht rauchen, Marga*[1] ! »

Le Suédois m'a rassurée : « Ne l'écoute pas. Elle ne peut plus rien t'interdire. »

J'ai su à ce moment-là que nous étions vraiment libres.

Le soir tombait, mais comme les bus n'étaient toujours pas arrivés, le Suédois nous a proposé de retourner dormir au camp de base. Cette perspective nous faisait horreur. Nous ne voulions plus mettre les pieds dans cet endroit. J'étais terrorisée à l'idée que notre liberté n'ait été qu'un mirage et qu'on nous emprisonne de nouveau. Nous avons dit au Suédois que nous avions l'habitude de travailler des nuits de douze heures et de dormir très peu ; nous avons insisté pour rester sur place. C'était une magnifique nuit de printemps, la lune scintillait. Le Suédois s'est

---

1. « Ne fume pas, Marga ! »

étonné que nous préférions passer la nuit dehors en restant debout. Nous avons ri de sa naïveté ; il ne comprenait pas ce que nous avions subi, ni ce qu'était la vie dans le camp de concentration. Je pense qu'il ne nous croyait pas. Nos récits étaient trop horribles pour une personne normale. Les employés de la Croix-Rouge qui s'étaient rendus dans le camp n'avaient vu que les baraques des prisonnières privilégiées – essentiellement des Allemandes et des Autrichiennes qui travaillaient dans les maisons et les bureaux des SS. Ces détenues avaient le droit de prendre une douche hebdomadaire et recevaient des vêtements propres, parce que les SS avaient peur d'attraper des poux et des maladies. Évidemment, on ne montrait pas nos baraques aux employés de la Croix-Rouge, ni les chambres à gaz, ni le terrible cachot.

La plupart d'entre nous sont donc restées dehors pour attendre les autocars ; seules les malades ont été ramenées au camp de base par les infirmières, avec la promesse de venir les chercher le lendemain. La nuit est passée vite. Nous parlions de tout et de rien. Nous trouver hors du camp suffisait à nous remplir de joie. Par chance, il ne pleuvait pas ; la nuit d'avril était belle, et nous avons profité de l'air frais et printanier. Certaines femmes se sont installées sur le mur, mais la plupart discutaient debout. J'ignore pourquoi nous ne nous sommes pas assises par terre après toutes ces heures, mais bizarrement nous n'y avons pas pensé. Rester debout était facile, car nous savions que nous étions libres. Le Suédois était très sympathique. C'était agréable de discuter avec lui, et nous appréciions les cigarettes et le chocolat qu'il nous offrait.

Au cours de ces conversations, nous avons décidé à l'unisson qu'après la guerre nous ne parlerions pas des atrocités que nous avions vécues, mais que nous regarderions vers l'avant, pour reconstruire nos vies et nos sociétés. Bien sûr, nous avons fini par témoigner de notre passé – et avec raison –, mais l'essentiel pour nous était d'être positives, de reprendre le cours de notre existence et de ne plus perdre une minute de notre temps. On nous avait déjà trop pris. Nous devions nous raccrocher fermement à ce qui pouvait être sauvé, et nous étions résolues à ce que le reste de nos jours ne soit pas déterminé par les atrocités que nous avions vues et endurées.

Trois camions militaires bâchés sont arrivés le lendemain matin. Certaines d'entre nous y ont pris place. Les autres attendraient les bus blancs de la Croix-Rouge, qui ne tarderaient pas. J'étais l'une des femmes autorisées à entrer dans les camions. J'avais de nouveau une chance inouïe. Car trois jours plus tard, le 27 avril, les femmes et les enfants qui étaient capables de se déplacer ont reçu l'ordre de quitter Ravensbrück – par la suite on parlera de « marche de la mort ». Quel que soit leur état de faiblesse, les prisonnières ont été obligées d'avancer pendant des kilomètres. Les Allemands voulaient éviter que l'on apprenne l'existence des camps de concentration. C'est pour cela qu'ils détruisaient la trace des atrocités qu'ils avaient commises et qu'ils éloignaient les déportés du front et des Alliés. Des centaines de personnes sont mortes d'épuisement lors de ces marches. Lorsque les Russes sont entrés dans Ravensbrück le 30 avril, il n'y restait plus que trois mille prisonnières à l'agonie.

Une fois les camions de la Croix-Rouge arrivés, j'ai absolument voulu m'installer à côté du chauffeur – les passagères assises à l'arrière, sous la bâche, n'avaient pas vue sur la liberté. Une autre femme avait eu la même idée et avait été plus rapide que moi. Avant même que je ne sois à la portière, elle avait déjà grimpé sur le marchepied. J'étais folle de rage. Je n'avais pas la moindre intention de renoncer à cette place. J'ai empoigné ma rivale et nous nous sommes battues. Cela peut sembler absurde, il ne s'agissait que d'une place dans un camion... Mais seules les personnes qui ont souffert en captivité comprendront que nous étions prêtes à tout pour voir les beautés de la nature environnante. Le chauffeur a mis fin à notre dispute – il a dit que nous ferions une pause durant le trajet et que nous échangerions nos places à ce moment-là. L'autre femme était d'accord, je l'ai donc laissée s'asseoir. Nous avons roulé à travers des paysages magnifiques, que nous ne pouvions hélas apercevoir qu'à travers une ouverture à l'arrière de la bâche. Heureusement que j'étais assise au bout du banc, près de la fente de la toile, ce qui me permettait d'en voir un peu plus que les autres. La nature était d'une beauté à couper le souffle ; j'avais peine à croire que c'était réel.

Après un long trajet, nous nous sommes arrêtées dans un bois et sommes sorties des camions. On nous a distribué des petits pains, des gâteaux secs et à boire, le genre de nourriture que nous n'avions pas vue depuis des mois. Les narcisses et les crocus fleurissaient, et les arbres étaient couverts de jeunes pousses tendres. L'air embaumait l'herbe fraîche. Tout nous semblait incroyablement beau, à nous qui n'avions connu depuis si longtemps que de la poussière grise et la crasse du camp. Nous n'en pouvions plus de bonheur. Pourtant, nous n'étions pas encore arrivées au bout de nos souffrances. Soudain, nous avons entendu des moteurs d'avions et des tirs. Nous avons d'abord pensé que les Allemands voulaient nous remettre en captivité ou nous bombarder, mais nous avons vite remarqué qu'il s'agissait d'avions anglais. Notre peur s'est transformée en joie. Mais pas pour longtemps. Ils essayaient de nous atteindre. Nous avons appris plus tard que les pilotes de chasse de la RAF pensaient que les camions étaient remplis de soldats allemands en déroute. Même si nous ne circulions pas dans un bus blanc, nos camions étaient pourtant marqués de croix rouges ; toutefois, il semblait que les Allemands fuyaient parfois à bord de véhicules de la Croix-Rouge. Les chauffeurs nous ont ordonné d'abandonner tous nos biens pour repartir au plus vite. Même dans cette situation périlleuse, je voulais la place qui m'avait été promise, à côté du chauffeur, mais l'autre femme m'a poussée – et nous nous sommes de nouveau battues pour ce siège, tandis que les bombes pleuvaient autour de nous. Sa perfidie me rendait folle de rage. Mon amie Dit, qui était assise dans le véhicule devant le nôtre, m'a crié : « Laisse tomber Marga ! Viens t'asseoir à côté de moi ! »

Elle s'est penchée hors du camion et m'a tirée à l'intérieur. Nous étions assises côte à côte au bout du banc, près de l'ouverture de la bâche. Un moment plus tard, elle m'a dit : « Marga, il y a quelque chose dans tes cheveux. »

Elle a retiré ce qui ressemblait à un morceau d'œil. J'ai frémi et j'ai détourné le regard. Je ne me souviens pas d'avoir entendu l'explosion, mais une bombe était tombée sur le camion derrière nous. Le chauffeur et la femme avec qui je venais de me battre étaient morts. J'avais été furieuse contre elle, mais elle m'avait sauvé la vie sans le savoir. La pauvre. Comme moi, elle avait désiré voir la liberté, mais elle l'avait payé de sa vie – alors que moi, j'échappais une fois de plus à la mort.

Nous avons été conduites au Danemark, où des femmes très attentionnées nous attendaient ; elles nous avaient préparé un délicieux repas. Nous étions épuisées, mais tellement contentes d'être vivantes, surtout après avoir appris que treize passagères avaient succombé sous les bombes. La nourriture était délicieuse. Nous ressemblions à des animaux affamés, insatiables. Nos estomacs n'étaient plus habitués à une nourriture aussi riche, ni à de telles quantités, si bien que beaucoup d'entre nous ont été très malades. Lorsque de nouveaux prisonniers sont arrivés, on a demandé aux Danoises de préparer des repas plus légers. Quoi qu'il en soit, nous leur étions reconnaissantes de cet accueil chaleureux. Cela faisait tellement longtemps que personne n'avait été gentil avec nous que cela nous faisait chaud au cœur d'être si bien traitées.

Après un court séjour au Danemark, nous avons pris le bateau, au cours d'une journée magnifique, pour Malmö, en Suède. À notre arrivée, nous avons été accueillies par un groupe de Suédois haut placés et vêtus avec distinction ; parmi eux se trouvait le roi Gustave V. Nous nous sentions misérables dans nos haillons. Nous avions si peu d'affaires que nous devions ressembler à des clochardes. Deux femmes, Hetty Voûte et Annie Hendricks, portaient le bébé d'Annie, un garçon âgé de quelques mois, dans une boîte. Nous sommes restées longtemps sur le quai pour écouter les discours de bienvenue. Cela partait très certainement d'un bon sentiment, mais tout ce que nous voulions, c'était nous laver et dormir.

Finalement, nous avons été emmenées dans un grand musée, où nous allions loger. Des matelas étaient étalés sur le sol de l'une des salles.

Les œuvres du musée avaient été recouvertes, à l'exception d'une très grande statue et de squelettes d'animaux. On a commencé par nous donner un bain délicieux, et des Suédoises nous ont décrassées. Je me souviens encore de ce merveilleux sentiment. Puis tous nos vêtements et nos effets sales ont été emportés et brûlés. J'ai tenté de dire à la femme qui prenait mes affaires d'épargner le stylo de mon père ; c'était le seul souvenir qui me restait de lui. Mais elle n'a pas saisi ce que je lui disais. Elle ne comprenait ni le néerlandais, ni l'anglais, ni l'allemand, et je ne parlais pas suédois. Elle m'a signifié que tout devait être détruit. J'ai voulu l'arrêter, mais c'était trop tard – le stylo qui était dans mes vêtements avait déjà disparu dans les flammes. Je savais qu'il était nécessaire de brûler les habits pour détruire les poux, mais j'ai pleuré. Tous les risques que nous avions pris, moi et d'autres, pour ce stylo, avaient été vains.

Une fois propres, on nous a conduites dans une autre salle. Elle était remplie de portants et d'étagères débordant de magnifiques vêtements neufs. Nous pouvions choisir des sous-vêtements, deux robes, un manteau et une paire de chaussures. J'ai jeté mon dévolu sur une robe verte à motif cachemire, une robe bleue à fleurs, un manteau rouge vif de la marque Windsmoor et des chaussures en cuir gris perle de la marque Salamander. C'était un tel plaisir de posséder des affaires neuves, propres et aux couleurs chatoyantes ! On nous a aussi donné une valise, afin d'y ranger ce que nous ne portions pas.

Le lendemain, on nous a demandé de communiquer nos noms à un employé de la délégation néerlandaise, installé à une table dans une autre salle. J'ai donné comme nom : Margareta van der Kuit. Alors que toutes les autres étaient déjà retournées sur leurs matelas et étaient en train de discuter ou de dormir, je suis revenue vers l'employé et je lui ai demandé si cette liste serait envoyée aux Pays-Bas.

Il m'a répondu par la négative.

— Les Pays-Bas sont encore occupés. La liste sera envoyée à Londres.
— Mais il n'y a pas de service postal pour l'Angleterre, puisque nous sommes encore en guerre et que les Pays-Bas sont occupés.
— C'est exact, madame. Mais nous enverrons cette liste par la valise diplomatique.

Il m'a fixée d'un air interrogateur. « Pourquoi cet intérêt ? »

J'ai hésité un instant, puis je me suis entendue affirmer : « Je ne m'appelle pas Margareta van der Kuit. Je m'appelle Selma. Selma Velleman. »

Je ne pouvais pas croire que je disais mon vrai nom à voix haute après tout ce temps. Quand l'avais-je prononcé pour la dernière fois ? Je ne m'en souvenais plus. Je me demandais si j'avais bien fait. On ne savait pas ce que l'avenir nous réservait.

Même à présent, j'étais terrifiée à l'idée que la révélation de mon identité juive se retourne contre moi. Mais s'il y avait une chance que mon frère en Angleterre voie la liste, je voulais qu'il sache que j'étais en vie. L'homme avait l'air abasourdi, mais il n'a rien dit. Il a pris son stylo, il a barré Margareta van der Kuit et il a écrit Selma Velleman à la place.

Cet après-midi-là, nous avons passé une visite médicale. Quand mon tour est venu, j'ai demandé au médecin si je pouvais l'aider en quoi que ce soit. Les autres femmes passaient leur temps à dormir ou à bavarder sur leur matelas. Elles disaient qu'elles avaient assez travaillé. Mais moi, je n'arrivais pas à rester oisive. Je me demandais toujours si j'avais bien fait de dévoiler ma véritable identité et ce qui était advenu de papa, Mams, Clara, Louis et David. C'est pour me changer les idées que je voulais me rendre utile.

Le lendemain, on nous a emmenées à Skatås, un petit camp de réfugiés près de Göteborg. Nous y avons été accueillies et internées, car la guerre n'était pas encore officiellement terminée. Le camp se trouvait dans une vallée en bordure d'une grande forêt, et il était délimité par du grillage, des arbres et des fleurs. Une centaine de femmes dormaient dans des baraques en bois, meublées de lits superposés. Nous étions environ douze par baraque, ce qui était très luxueux par rapport au surpeuplement à Ravensbrück. Certaines de mes amies n'étaient pas là. Les malades étaient soignées à l'hôpital ; Wil Westerweel, Annie Hendricks et son nourrisson y avaient été admis. Le bébé est malheureusement décédé de la diphtérie peu après. Annie n'avait pas assez de lait pour le nourrir, et il n'était pas suffisamment résistant. De nombreuses femmes sont mortes immédiatement après notre arrivée en Suède. La sous-nutrition, les coups et les blessures de Ravensbrück les avaient trop affaiblies pour qu'elles puissent récupérer.

J'aimais bien le camp de réfugiés suédois. La vie y était agréable. J'ai eu le plaisir de découvrir le sauna ; la plupart d'entre nous n'en avaient encore jamais vu. C'était merveilleux de sentir la vapeur d'eau répandre sa chaleur en crépitant sur les pierres volcaniques. J'ai passé beaucoup de temps au sauna. C'était divin d'être couchée là et de se laisser purifier. Je n'arrivais pas à croire que j'étais enfin propre. J'avais l'impression que je ne me débarrasserais jamais de la crasse et des poux du camp de concentration. Dès que je ressentais la plus petite démangeaison, je pensais qu'il s'agissait d'un pou et je me déshabillais pour le trouver. Le camp comportait également une clinique. Nous pouvions nous y rendre si nécessaire, mais je n'ai pas souvenir d'avoir consulté un médecin. Très peu d'entre nous ont pris la peine d'aller à la clinique, car la dysenterie avait été notre quotidien et nous avions l'habitude de travailler alors même que nous étions blessées, malades et épuisées. Nous pensions encore comme dans le camp de concentration.

J'avais heureusement moins de problèmes intestinaux depuis qu'on nous servait une nourriture digne de ce nom.

Les repas étaient délicieux. Au petit déjeuner, nous pouvions prendre autant de pain, de fromage, de poisson et de charcuterie que nous le désirions. Le déjeuner était copieux, on nous servait de la soupe et toujours d'énormes quantités de poisson. Sans compter les merveilleux desserts. J'adore tout ce qui est sucré, et certains entremets étaient divins. Nous mangions du matin au soir, sans jamais arriver à satiété, bien que le consulat néerlandais ait prévenu les cuisiniers de ne pas nous servir une nourriture trop riche. Au Danemark, beaucoup d'entre nous en avaient été malades. Nous recevions dix couronnes d'argent de poche par semaine pour acheter du chocolat et des cosmétiques à l'intendance du camp de réfugiés. Une fois la guerre vraiment finie, on nous a octroyé un laissez-passer pour quitter le camp et nous avons dépensé notre argent dans la bourgade voisine.

Des familles suédoises – ainsi qu'un grand nombre de jeunes hommes – venaient nous voir au grillage. Les journaux avaient parlé des jeunes filles et des femmes qui avaient été emprisonnées dans les camps de concentration. Les gens voulaient voir à quoi nous ressemblions. Certaines d'entre nous n'allaient pas au grillage, car elles avaient l'impression d'être traitées en bêtes curieuses. Mais la plupart des familles étaient bienveillantes ; elles nous apportaient des gâteaux secs et du chocolat, et je trouvais formidable de communiquer avec d'autres personnes. L'une des filles qui nous rendaient visite est devenue mon amie. Elle avait quelques années de moins que moi. Elle apprenait l'anglais à l'école et nous discutions beaucoup, bien que mon anglais se fût considérablement appauvri. Lorsque nous avons été autorisées à quitter le camp, elle m'a invitée à dîner chez elle. Certaines jeunes femmes avaient déjà ménagé un passage dans le grillage pour se rendre dans la petite ville ou encore dans la forêt, afin de retrouver de jeunes Suédois venus leur conter fleurette.

Les Suédois nous comblaient de cadeaux, de sucreries et d'amitié. J'essayais de rester positive. J'acceptais tout ce qu'ils nous donnaient et je profitais au maximum de chaque journée. Je vivais. J'aimais habiter dans cette campagne splendide, où nous pouvions nous promener en toute liberté, écouter les oiseaux et regarder les fleurs. Le ciel était magnifique, bleu et parsemé de petits nuages blancs. C'était trop beau pour être vrai. J'adorais être ainsi au milieu de la nature – j'avais l'impression d'être en vacances. Il est vrai que je ne dormais pas bien et que je faisais d'horribles cauchemars, mais j'étais entourée d'amies, même si aucune d'entre elles ne savait qui j'étais vraiment. J'ignorais que cette situation changerait rapidement.

Nous étions tellement nombreuses dans le camp que la salle à manger était trop petite pour nous toutes. Il y avait donc deux services pour le dîner. Un soir, vers 19 heures, alors que j'étais du deuxième service, un homme est monté sur l'estrade et a demandé : « Je cherche Selma Velleman, est-elle parmi vous ? »

Il avait déjà posé la question au cours du premier service, mais personne n'avait répondu. J'hésitais. Il y eut un silence. Puis je me suis levée et j'ai dit : « Oui, c'est moi ! »

C'était la fin de mon nom d'emprunt.

« J'ai un télégramme pour vous. »

Mes amies étaient abasourdies. Sans voix. Non seulement parce que j'étais la première à avoir du courrier – les Pays-Bas étant encore occupés, on ne pouvait ni envoyer de lettres, ni en recevoir –, mais surtout parce qu'elles se sont rendu compte qu'elles n'avaient jamais su qui j'étais vraiment. Plus tard, elles m'ont confié combien elles avaient été étonnées que j'aie pu cacher si longtemps mon vrai nom. Elles ont été extrêmement gentilles et compréhensives.

J'ai immédiatement ouvert le télégramme. Il venait de Londres, mon frère David me l'avait envoyé. Il avait écrit : « Très heureux de te savoir en vie. Et papa, Mams et Clara ? Baisers de David. »

J'ai pleuré toute la nuit.

*

Le 5 mai 1945, l'ambassadeur et le consul des Pays-Bas sont venus au camp de réfugiés pour nous annoncer que la guerre était terminée ; le pays était libéré. Nous avons hissé le drapeau néerlandais et chanté l'hymne national. Pour fêter l'événement, nous avons investi le réfectoire, et sorti les chocolats, les gâteaux, le jus d'orange et la limonade. Maintenant que nous étions totalement libres, je me suis mise à faire des projets d'avenir. L'une de mes codétenues, Bep van der Kieft, avait été professeur d'anglais dans un lycée aux Pays-Bas. Je lui ai demandé de me donner quelques leçons, surtout de conversation. David se trouvait à Londres, ainsi que Louis, qui m'avait envoyé une lettre. L'idée que David verrait peut-être mon nom sur la liste s'était révélée bonne ; mes deux frères savaient à présent où je me trouvais. Tous deux voulaient rester en Angleterre. David était toujours fiancé à Sadie, et Louis avait épousé Ann en 1942. J'espérais pouvoir les rejoindre, et je voulais être prête. Bep et moi avons donc parlé anglais les jours suivants, et je me suis remise à la grammaire.

Je n'ai pas eu beaucoup de temps pour travailler mon anglais, car le consul est venu peu de temps après me demander ainsi qu'à Thea Boissevain si nous voulions nous rendre à Stockholm pour aider à gérer l'administration des anciens déportés qui allaient arriver des autres camps de concentration libérés. Ils s'attendaient à des milliers d'hommes et de femmes. Il savait que nous étions secrétaires avant d'être incarcérées et il pensait que nous serions donc aptes à ce travail. Nous avons bien sûr accepté.

J'ai logé chez une très gentille Suédoise qui avait épousé un Néerlandais et qui habitait déjà Stockholm avant la guerre. Elle était membre de l'Association néerlando-suédoise. Elle m'a offert de nombreux cadeaux, dont du tissu écossais bleu pour me confectionner une robe de chambre. Je n'arrivais pas à croire que je disposais de tant de liberté. J'habitais dans une maison normale, pas dans un camp de concentration, je mangeais une nourriture normale et on m'offrait des affaires normales. Le changement était extrême. Puis, les autres femmes et enfants néerlandais sont arrivés à Stockholm depuis Skatås. Ils ont logé chez des membres de l'Association néerlando-suédoise. Dit Kuyvenhoven faisait partie de ce groupe de réfugiées ; elle a été hébergée par une famille de diplomates néerlandais, dans une splendide maison près d'un lac. Dit et moi avions le droit d'utiliser la maison, les bicyclettes et les bateaux comme nous l'entendions. Nous en avons profité au maximum. Nous faisions du vélo sur les jolis sentiers et ramions jusqu'à une petite île où nous allions nous baigner.

Pendant ce temps, je travaillais au consulat. Ma tâche consistait à prendre contact avec les personnes malades qui se trouvaient à l'hôpital pour savoir ce dont elles avaient besoin. Je faisais des listes de fournitures. Elles étaient ensuite autorisées à l'envoi, puis expédiées. Pour la première fois depuis des années, j'avais à nouveau un salaire. Entre-temps, j'avais repris contact avec Greet et « tante Jo », l'amie de Mams, à Amsterdam. Elles m'ont raconté qu'elles vivaient dans un dénuement extrême. Cela faisait des mois qu'elles n'avaient presque rien à manger et qu'elles ne portaient plus de chaussures décentes. J'ai employé mon salaire pour leur acheter des chaussures et des bas, des sous-vêtements, du tissu, des aiguilles et du fil, du vrai café et du sucre.

Un jour, l'ambassadeur m'a convoquée dans son bureau pour me demander si je connaissais un certain capitaine qui travaillait dans la marine marchande. J'ai dit que non, l'ambassadeur m'a informée alors que celui-ci était venu m'apporter une enveloppe contenant de d'argent. Comme j'avais dit que je ne le connaissais pas, je n'ai pas eu le droit de la prendre. Plus tard, Louis m'a expliqué qu'il avait demandé au capitaine, dont le bateau devait se rendre en Suède, de me faire parvenir cette somme. S'il m'avait prévenue, j'aurais certainement pu avoir l'enveloppe.

Après quelque temps, Thea Boissevain et moi avons été transférées dans un petit hôtel à Stockholm où nous partagions une chambre. Nous nous entendions très bien ; j'étais ravie de travailler et d'habiter avec elle. Nous nous sommes liées d'amitié avec les autres Néerlandaises qui vivaient dans cet hôtel. L'une d'elles, une vieille dame juive, avait eu la vie sauve, car son fils, un capitaine de l'armée néerlandaise, avait réussi à faire accoster un petit bateau de pêche aux Pays-Bas pour la faire passer en Suède. Certaines personnes ont survécu grâce à des stratagèmes insolites. Cette femme possédait une machine à coudre, et elle m'a aidée à transformer en robe de chambre le tissu bleu dont on m'avait fait cadeau. Cet habit splendide se terminait en une longue jupe évasée. Je n'arrivais pas à croire que je possédais un vêtement aussi beau. Je l'ai porté pendant des années à Londres.

Mes amis et moi faisions de petits voyages et allions camper près de lacs magnifiques. Tout ce que je voulais, c'était m'amuser et oublier la guerre. Je réussissais à savourer la vie en Suède, mais une peur sous-jacente me hantait en permanence – j'ignorais toujours le sort de papa, de Mams et de Clara. Je me doutais qu'ils avaient été internés dans des camps de concentration, voire assassinés, mais je tentais de refouler cette pensée et de garder espoir. J'avais rencontré un jeune Allemand, un réfugié juif. Nous sortions ensemble pour aller au cinéma et au dancing ; durant le week-end, nous partions à la campagne en compagnie d'un petit groupe de jeunes gens. Il m'a demandée en mariage, mais je n'avais pas l'intention de me marier si vite. Ma liberté était trop précieuse, et j'avais bien l'intention de saisir toutes les occasions qui se présenteraient à moi.

Le trafic aérien vers les Pays-Bas a fini par être rétabli. Ma tâche consistait à faire des listes de personnes ayant l'autorisation d'y retourner. Dit voulait rentrer le plus vite possible à la maison, j'ai donc mis son nom sur la première liste. Coert Reilinger était également en Suède. Je l'avais rencontré lors de mon séjour à Haarlem, lorsque je participais aux réunions dans la maison de Frans Gerritsen. C'était l'un des réfugiés allemands qui s'était affilié au groupe Westerweel. Nous étions fous de joie de nous revoir sains et saufs. Il m'a raconté qu'ils avaient mis en place un réseau de résistance en France, après que Bob et moi avons été arrêtés. Ils ont été capturés, mais les nazis n'ont pas eu le temps de tous les exécuter. Coert a été envoyé en prison en Allemagne et venait d'être libéré. Nous faisions souvent de longues promenades en discutant du passé et de nos projets d'avenir. Il faisait partie du groupe de jeunes Juifs allemands venus aux Pays-Bas avant la guerre pour apprendre à gérer une ferme et s'installer en Israël, et il voulait revenir le plus rapidement possible aux Pays-Bas. Je l'ai également inscrit sur la première liste, et nous avons décidé de nous retrouver lorsque moi aussi je serai rentrée. Ces retrouvailles n'ont cependant jamais eu lieu. À mon retour, Dientje m'a appris que Coert était décédé peu après la guerre dans un accident de voiture. Plus tard, Paula

Kaufman m'a confié qu'elle suspectait un règlement de compte plutôt qu'un accident. Selon elle, on l'avait assassiné parce qu'il en savait trop, à propos d'une affaire louche.

Mon amie Thea est également revenue aux Pays-Bas peu après. Je faisais en sorte que les personnes les plus pressées de rentrer chez elles puissent avoir rapidement une place dans l'avion. J'ai mis mon nom sur la liste du dernier vol, en août – mon frère David m'avait dit qu'il serait aux Pays-Bas à ce moment-là. J'ai adoré prendre l'avion. Tout comme pour la plupart des anciens prisonniers, il s'agissait de mon baptême de l'air. Lorsque le pilote a signalé que nous survolions les Pays-Bas, j'ai retenu mon souffle en regardant par le hublot ; je voyais les prés verdoyants des fermes de Hollande-Septentrionale, les vaches et les chevaux, minuscules. Un vrai prodige. Quand le pilote a annoncé que nous allions atterrir dans dix minutes à Schiphol, l'aéroport d'Amsterdam, nous nous sommes tous exclamés : « Hourra ! »

Je revenais enfin à la maison. J'étais heureuse, mais aussi effrayée et triste. La ville d'Amsterdam – ainsi que le reste des Pays-Bas – était plongée dans le chaos juste après la guerre. De nombreuses personnes que nous considérions comme des traîtres faisaient encore partie du gouvernement, certaines avaient des convictions fascistes. Les Allemands n'avaient rien laissé – il y avait pénurie de tout. Impossible de se procurer le moindre vêtement neuf, et tout le monde portait des chaussures en bois. Les voitures étaient rares, et trouver un emploi relevait de l'exploit. La population essayait de se relever, mais ce n'était pas facile.

Par surcroît, je n'avais plus de maison, plus de famille. Et j'ignorais toujours le sort de mes parents et de Clara. J'espérais retrouver mes proches, je tentais de ne pas me laisser submerger par mes lugubres pressentiments, mais mon arrivée à la gare centrale d'Amsterdam m'a beaucoup déçue. La plupart des voyageurs étaient attendus par leur famille, mais personne n'était là pour moi. Je me sentais perdue, seule, et soudain très juive. J'avais l'impression de n'être qu'une invitée dans mon propre pays.

J'avais écrit à Greet, mais comme on lui avait dit que nous arriverions à la gare d'Amsterdam-Sud, elle m'attendait là-bas. Les tramways ne roulaient plus aux Pays-Bas, les voyageurs que personne n'attendait ont été déposés en voiture à cheval. J'étais la dernière, j'ai donné l'adresse de Greet, le numéro 44 de la Tweede Jan van der Heijdenstraat. C'était très étrange d'être de retour dans la rue où Greet et moi avions fait connaissance lorsque nous étions petites. Cela me semblait remonter à une éternité. J'étais toute seule à Amsterdam, mais la famille de Greet m'a accueillie, et je leur en étais immensément reconnaissante. M'offrir l'hospitalité était très généreux de leur part, car ils vivaient dans une grande pauvreté, et le père de Greet était gravement malade.

L'appartement était petit ; Greet et moi partagions un vieux lit pliant. Mais j'avais rempli la valise que l'on m'avait donnée en Suède de chaussures, de bas, de chaussettes, de pulls et de nourriture ; je leur apportais du moins quelques provisions. Greet m'a dit plus tard que cette nourriture et ces vêtements chauds avaient sauvé la vie à son père. Il était déjà assez âgé, mais il a encore vécu quelques années. Je n'oublierai jamais leur générosité. C'étaient des gens formidables.

David est arrivé le soir même. C'était un bonheur de le retrouver. Je le vois encore entrer en uniforme dans l'appartement de la famille de Greet. Nous sommes tombés dans les bras l'un de l'autre. Nous étions fous de bonheur de nous retrouver ! Nous étions le 31 août, l'anniversaire de la reine Wilhelmina. Pour fêter l'événement, nous avons décidé de dîner dans un restaurant de la Kalverstraat[2], autrefois très bon et très renommé. Mais ils n'avaient pas grand-chose au menu. Comme c'était au menu, nous avons choisi du pigeon. Quelle déception. Ils étaient tout petits et secs, à peine quelques os trop cuits. Je n'ai même pas réussi à le couper. Nous avons alors commandé de la soupe et deux portions de pudding avec de la glace. Nous avons passé la soirée à nous raconter nos aventures. David n'arrivait pas à croire les horreurs que j'avais vécues, et

---

2. Rue commerçante très animée du centre d'Amsterdam.

mon engagement dans la Résistance le stupéfiait. Sa petite sœur ! Nous avons vite compris que je m'étais trouvée bien plus au cœur de l'action que lui. Mes récits devaient le déconcerter. À ce moment-là, on possédait quelques informations sur les camps de concentration, mais aucune sur les résistants et les prisonniers politiques.

En fait, il n'a pas posé beaucoup de questions. Personne ne le faisait, d'ailleurs. Peut-être parce qu'on ne voulait pas me faire souffrir en ranimant des souvenirs pénibles, mais je crois surtout que les gens devaient être dépassés. D'ailleurs, je n'étais pas très sûre de vouloir en parler non plus.

Je me souviens que David était furieux contre Bob pour m'avoir laissée entreprendre des missions aussi dangereuses alors que je n'étais encore qu'une jeune femme. Il n'arrivait pas à comprendre que j'avais grandi – très vite – et qu'à présent j'étais une adulte ayant une expérience de la vie. À ses yeux, je restais une enfant, une petite sœur dont il devait s'occuper.

Nous étions aussi profondément tristes, car nous ignorions toujours ce qui était advenu de papa, Mams et Clara. Louis était encore en mer. Je ne savais pas quand je le reverrais, mais quoi qu'il en soit nous étions rassurés sur notre sort mutuel.

Je ne pouvais pas rester longtemps chez les Brinkhuis. Ils étaient très pauvres, et nourrir une personne supplémentaire coûtait cher. Greet m'a cependant été d'une aide inestimable. Nous avons appris l'existence de listes comportant les noms des Juifs qui avaient péri dans les camps de concentration. Greet m'a accompagnée aux bureaux des services sociaux. Nous avons examiné les listes ensemble. Et là, j'ai vu les noms de Mams et de ma petite sœur : Femmetje Velleman-Spier, Clara Velleman. Greet m'a serrée dans ses bras.

J'ai repris ma vie de nomade en me demandant où je pourrais aller à présent. Mon amie Dit habitait chez ses parents dans une maison spacieuse près de Maarssen. Elle m'a invitée chez elle, et j'ai traîné ma grande valise jusqu'au bus. Les trains de marchandises étaient les seuls à rouler. Dit venait d'une famille aisée. C'étaient des horticulteurs spécialisés dans la production de merveilleux raisins noirs délicieusement sucrés. La famille était calviniste et très pratiquante. Le père lisait la Bible à voix haute tous les soirs avant le dîner, tandis que nous nous tenions debout derrière nos chaises ; nous faisions une prière avant et après le repas. Le dimanche, tout le monde se rendait deux fois à l'église. Tous les matins, le père de Dit frappait à notre porte. Elle et ses frères et sœurs se levaient pour cueillir les raisins. Je n'étais pas obligée de me joindre à eux, mais j'aimais bien les aider. Nous devions couper les petites grappes pour que les autres puissent grandir et embellir. Le raisin était vraiment délicieux.

Après une semaine, je me suis dit qu'il était temps de partir. Je ne voulais surtout pas abuser de l'hospitalité d'autrui et j'avais l'impression de m'imposer. Je ne m'étais encore jamais sentie aussi seule. Durant la guerre, j'avais été très occupée et je me savais utile. Maintenant, j'errais sans but. J'ai tiré ma lourde valise jusqu'à la gare routière, où j'ai trouvé un bus pour Leyde. Je revenais à nouveau vers mon passé. Des étudiants logeaient à présent dans l'appartement où j'avais habité avec Antje et Mien. La maison était gérée par ma cousine Zetty et l'une de ses amies. Evalientje vivait encore dans sa famille d'accueil à ce moment-là. Bob et Dientje m'avaient appris que Zetty était toujours en vie, et comme nous nous étions écrit durant mon séjour en Suède, je savais qu'elle serait à Leyde. C'est ainsi que cela fonctionnait : des connaissances vous apprenaient qui vivait encore et où. Heureusement, Zetty et Antje ont pu me trouver une petite chambre, même si de nombreux étudiants occupaient la maison. Lors de ma première visite, j'ai vu qu'elles s'étaient préparé du thé dans une magnifique théière chinoise. Je l'ai reconnue et j'ai fait de mon mieux pour ne pas éclater de rire. Durant la guerre, ma chambre à coucher se trouvait au dernier étage. La salle de bains étant au rez-de-chaussée, j'utilisais cette théière comme pot de chambre durant la nuit. Je leur ai demandé de ne plus faire de thé dedans. Elles m'ont répondu que c'était trop tard, cela faisait des mois qu'elles l'utilisaient comme théière. L'eau bouillante l'avait définitivement stérilisée !

*

Je venais tout juste d'emménager chez Zetty et Antje lorsqu'un terrible malheur s'est abattu sur Bob et Dientje. Quand le sud des Pays-Bas a été libéré, deux jeunes gens sont allés à Amsterdam pour abattre Bob – car il avait révélé la réunion des groupes de résistance à Weert. Ils se sont rendus à la maison de Bob et Dientje en brandissant un pistolet, mais ils avaient si mal préparé leur opération qu'ils ont raté Bob et tiré par erreur sur Dientje. Plus tard, elle m'a raconté qu'elle leur avait dit en riant : « Ne faites pas les imbéciles ! » Elle voyait bien qu'il s'agissait de jeunes idiots qui ne comprenaient pas ce qu'ils faisaient.

Elle est restée paralysée à partir de la taille ; elle a passé le reste de sa vie entre son lit et un fauteuil roulant. Les garçons ont pris la fuite après avoir tiré. Bob a appelé une ambulance pour Dientje, et la police a arrêté les deux jeunes hommes. Leurs déclarations ont révélé que Bob avait livré des informations aux Allemands. Lorsque le nord des Pays-Bas a été libéré, le 5 mai 1945, on l'a arrêté comme traître et emprisonné dans un camp de concentration dans le Limbourg. Je m'y suis rendue avec Dientje ; elle m'a dit qu'on l'incriminait à raison. Jusqu'à ce moment-là, je ne l'avais pas crue. Mais je ne pouvais pas laisser tomber Bob, et j'étais déterminée à lui rendre visite.

Zetty m'a parlé d'un paysan qui allait dans le sud plusieurs fois par semaine en voiture à cheval. Je me suis arrangée pour voyager avec lui. Il m'a indiqué notre point de rendez-vous du lendemain matin à 8 heures. Tandis que je l'attendais, j'ai vu s'approcher un autre voyageur. Il s'agissait – hasard incroyable – de ma cousine Klaartje van Frank, dont j'héritais autrefois des vêtements. J'ignorais qu'elle était en vie, et réciproquement. Nous sommes tombées dans les bras l'une de l'autre en pleurant de joie. Elle m'a raconté qu'elle était restée cachée dans le Limbourg avec ses parents durant la guerre et qu'elle y avait rencontré un soldat juif américain. Ils s'étaient fiancés et elle était en route pour lui rendre visite. Quelques mois plus tard, ils se sont mariés et ont déménagé à New York. Elle y habite toujours, à plus de 100 ans.

Au Limbourg, j'ai trouvé Bob dans un état lamentable. Rien d'étonnant à cela : il y avait eu tant de vrais traîtres, des hommes et des femmes qui s'étaient rangés du côté des nazis et qui avaient dénoncé des résistants et des Juifs, et il se retrouvait enfermé avec eux. Ils partageaient la même prison, Bob était obligé de vivre et de dormir avec ces gens qui incarnaient ce qu'il méprisait et avait combattu avec tant d'ardeur. Juste après son arrestation, une foule à Weert l'avait promené dans une charrette, affublé d'une pancarte autour du cou sur laquelle était écrit « traître ». Lui, l'homme qui avait mis sa vie en jeu pour protéger tant de personnes. Il m'avait sauvé la vie à moi aussi : il m'avait trouvé une cachette à Leyde. Sans compter que Jan et moi aurions été fusillés s'il n'avait pas parlé. Bob avait une mine affreuse, ces accusations l'accablaient. Dirk Kraayenhof de Leur, le frère de Jan, qui avait été arrêté en même temps que Bob et moi, lui a rendu visite le même jour. Il m'a appris que Jan était mort lors de la libération du camp de concentration de Neuengamme, où il avait été déporté. Le bateau sur lequel il se trouvait en compagnie de tous les anciens détenus avait été bombardé par les Alliés – ils pensaient qu'il était rempli d'Allemands en fuite.

Après cette triste visite, Dirk et moi avons fait le voyage du retour ensemble. C'était une époque difficile. Pourtant, j'ai aussi passé de bons moments dans le logement pour étudiants à Leyde. Je me suis liée d'amitié avec un jeune homme qui habitait en Indonésie durant la guerre et qui avait été interné dans un camp de concentration japonais. Il souffrait encore à ce moment-là de la malaria qu'il y avait contractée. J'aimais beaucoup nos conversations. Il étudiait l'anthropologie et il m'a donné l'idée de faire des études moi aussi un jour. Il y avait aussi un autre jeune homme, Arnold Cats, que tout le monde appelait Nol. Nous sommes tombés amoureux. C'était un étudiant en médecine de Leyde, il était plein de vitalité et n'arrêtait pas de faire des blagues. Exactement ce dont j'avais besoin. Nous avons passé des moments merveilleux ensemble.

Pourtant, l'avenir restait incertain, et j'avais besoin d'un but dans ma vie. En novembre, j'ai reçu une lettre du ministère de la Défense néerlandais. J'étais invitée à me présenter dans leurs bureaux et à prendre l'avion pour Londres. On m'y proposait un emploi parce que David travaillait pour le ministère de la Défense au Royaume-Uni. Mon frère avait tout organisé sans m'en parler. J'étais très partagée. David et Louis habitaient en Angleterre, et je voulais désespérément faire partie à nouveau d'une famille, mais je ne voulais pas quitter les Pays-Bas, car j'étais amoureuse. La lettre était presque une convocation, et je ne pouvais pas refuser de m'exécuter. Tout ce que j'ai pu promettre à Nol, c'était de lui écrire.

Vivre sa vie
Londres

Le 14 novembre 1945, je me suis rendue à La Haye, au ministère de la Défense. De là, j'ai été conduite en voiture à l'aéroport, où un sergent m'a escortée vers un petit avion militaire. Nous avons voyagé ensemble jusqu'à Croydon, un aérodrome militaire en Angleterre. Les vols civils n'avaient pas encore été rétablis. David m'attendait sur le tarmac, en compagnie de l'attaché culturel de l'ambassade des Pays-Bas et d'une jeune lieutenante néerlandaise. Elle s'appelait Angélique et avait pour mission de s'occuper de moi. Pour commencer, j'ai dû me rendre chez le médecin officiel de l'ambassade. Il m'a auscultée et m'a posé des questions sur ma santé. Puis nous sommes allés en voiture jusqu'à West London, dans la chambre que David m'avait louée. Après cela, je me suis retrouvée toute seule. David devait retourner au travail. Ma logeuse était très gentille, mais je ne comprenais pas tout ce qu'elle me disait.

Elle m'a montré la salle de bains. J'étais impatiente de me plonger dans une baignoire et d'y rester pendant des heures, et c'est ce que je fis. Ma logeuse s'en est tellement effrayée qu'elle a appelé mon frère ; elle pensait que je ne sortirais plus jamais de la salle de bains.

Ce fut un grand moment lorsque j'ai revu Louis pour la première fois, quelques jours plus tard. Nous avons dîné au restaurant tous les cinq : David et sa fiancée Sadie, Louis et son épouse Ann, et moi. C'était formidable d'être ensemble, d'être entourée à nouveau par mes frères, pourtant je me sentais perdue. Louis et David avaient tous deux construit leur vie en Angleterre, ils avaient eu la possibilité d'aller de l'avant. Moi, j'avais l'impression que ma vie avait été interrompue et que je devais tout recommencer de zéro, sans Clara, sans papa et sans Mams. J'avais même dû abandonner l'amour aux Pays-Bas.

J'ai obtenu un poste de secrétaire au sein du service médical dans l'immeuble où travaillait David. Tout le monde était très gentil ; les soldats et les officiers m'apportaient des cigarettes et d'autres cadeaux. Je n'avais pas grand-chose à faire, et mon petit boulot m'a vite ennuyée, d'autant plus que j'avais été très active pendant la guerre. Tout ce qu'on me demandait, c'était d'avoir sous la main les dossiers médicaux des jeunes hommes qui suivaient une formation d'officier – et de les apporter au médecin si nécessaire. Après leur formation, ces jeunes gens étaient envoyés en Indonésie pour y combattre les partisans du mouvement indépendantiste. Les dossiers se trouvaient dans un grand placard auquel personne n'avait accès, si ce n'est le médecin et moi. On m'avait sans doute confié ce travail peu contraignant pour me faire une faveur et parce que mon activité dans la Résistance m'avait appris à garder des secrets. Mais j'avais besoin, au contraire, d'être très occupée pour ne pas déprimer. Je me sentais seule ; je comprenais chaque jour davantage l'étendue de ce que j'avais perdu. Tout me manquait, ma maison, papa, Mams et Clara. J'étais toujours au bord des larmes. Je me disais : *Tu as de la chance, tu es encore en vie et tu es à Londres. D'autres seraient folles de joie d'être à ta place.*

Pourtant, je sanglotais parfois sans pouvoir m'arrêter ; je n'arrivais plus à dormir. Nous ignorions toujours ce qu'il était advenu de papa, mais savoir que Clara et Mams avaient été assassinées m'était insupportable.

*

L'hiver venait de prendre fin. J'allais vivre mon premier printemps à Londres. En avril 1946, David m'a demandé de l'accompagner à la fête de Pâques – suivie d'un dîner – qui avait été organisée pour le personnel militaire. En face de moi se trouvait Hugh Cameron, un sergent de l'armée britannique. Germaniste, il travaillait en tant qu'interprète, et sa mission consistait à mener des entretiens afin de découvrir si des soldats allemands ennemis ne s'étaient pas rendus en Angleterre en se faisant passer pour des Néerlandais ou des citoyens d'autres pays européens. En réalité, il s'appelait Hans Kalman, mais son travail dans l'armée l'a obligé à changer de nom. C'était un Juif allemand qui avait fui en Angleterre avant la guerre. Sa mère et sa sœur étaient restées à Berlin et ont été assassinées. Nous avions beaucoup de points communs, et cela me faisait du bien de parler de mes expériences de la guerre. Tous les deux, nous avions été obligés de changer de nom pour survivre pendant le conflit, cela créait un lien. Je l'ai toujours appelé par son vrai prénom : Hans. Il aimait plaisanter et, brièvement, la vie m'a semblé plus légère. Nous avons eu une liaison, mais j'ai remarqué très rapidement que ses plaisanteries cachaient une profonde mélancolie. Il était terriblement malheureux, et je ne lui étais d'aucune aide ; moi aussi j'étais terriblement malheureuse. Rester avec lui ne me faisait pas de bien, j'ai rompu après deux années de relation. Nous avons toujours gardé le contact et il est devenu un bon ami de la famille, mais il a souffert de dépression toute sa vie.

C'est à cette époque que nous avons appris ce qu'il était advenu de papa. La Croix-Rouge avait dressé des listes – nos pires craintes ont été confirmées. Papa avait été assassiné à Auschwitz en décembre 1942. David habitait près de chez moi et passait souvent me voir après dîner. Un soir, il a frappé à ma porte vers minuit et m'a entendue pleurer. Il s'est assis à mes côtés et m'a dit que tout le monde perdait ses parents et qu'il fallait que je me ressaisisse. Il avait raison, mais tous les parents ne mouraient pas d'une mort aussi abominable. Autour de moi on était d'avis qu'il valait mieux ne pas parler de la guerre. Lorsqu'on l'évoquait, on discutait des bombardements de Londres. C'était dramatique bien sûr, mais personne ne comprenait ce qu'avait été la vie durant le conflit aux Pays-Bas. Ou dans un camp de concentration. Les gens que je côtoyais n'avaient jamais vécu dans un pays occupé, il leur était donc impossible d'imaginer les horreurs que j'avais vues et endurées. Les récits sur les camps de concentration n'étaient pas encore parus et il n'existait aucune photo. On n'avait qu'une vague idée de ce qui s'y était passé. Comme personne ne posait de questions, je n'en parlais pas. Je pensais qu'il était préférable de taire les atrocités que j'avais traversées. Puisque nous devions construire un monde nouveau et pacifique.

Au début, j'ai eu beaucoup de mal à rester positive à Londres. J'étais souvent très déprimée. J'avais besoin de temps pour faire mon deuil, je ne pourrais construire une nouvelle vie qu'après cela. Je me sentais terriblement seule. Je flânais souvent dans les rues de la ville. David m'avait indiqué des restaurants bon marché et, après avoir une fois de plus dîné seule, je me suis promenée dans Soho. Je regardais une vitrine remplie de sous-vêtements très sexy lorsqu'un homme bien vêtu est apparu à côté de moi. Il m'a posé un tas de questions. Je venais d'où ? J'habitais où ? Puis il m'a dit : « Vous ne devriez pas être ici. Rentrez chez vous. »

Il m'a pris le bras et m'a accompagnée jusqu'à la station de métro de Piccadilly. Lorsque j'en ai parlé à David, il m'a appris que Soho était le quartier rouge de Londres – celui des prostituées. Je n'en savais rien.

Ma vie a cependant fini par prendre un tournant positif. Je pensais vraiment ce que j'avais affirmé à mes amies tandis que nous attendions les autocars de la Croix-Rouge devant les grilles de Ravensbrück : il ne fallait pas parler de la barbarie que nous avions vécue, mais la laisser derrière nous et ne plus perdre une seconde de notre précieuse vie. Un jour, Angélique, la lieutenante qui avait eu pour mission de s'occuper de moi, m'a demandé si j'avais envie d'aller danser. J'ai dit que j'étais partante. Elle m'a emmenée au club du ministère de la Défense. Cela m'a bien plu, et nous y sommes retournées régulièrement. Elle portait alors son uniforme de parade et me prêtait celui de tous les jours. C'est là que j'ai entendu parler de l'International Friendship Club. Un soir, j'ai décidé d'aller y jeter un coup d'œil. Lorsque je me suis présentée à la réception, on m'a dit qu'une autre jeune Néerlandaise était membre. « Attendez jusqu'à 19 heures, elle viendra à ce moment-là. »

Je l'ai attendue et elle est effectivement venue. Nous avons passé la soirée ensemble et sommes devenues d'excellentes amies. Elle travaillait à la section néerlandaise de la BBC. Quelques mois plus tard, lors d'un déjeuner, elle m'a appris qu'elle partait travailler aux Nations unies et m'a proposé de reprendre son travail à la BBC. J'ai passé un entretien avec le chef du département néerlandais – et j'ai été embauchée. Je gagnais moins que dans mon précédent emploi, mais j'étais ravie de travailler pour Radio Oranje. J'avais écouté cette station en cachette pendant la guerre en compagnie de Wil, mon premier petit ami, couchée sur un tapis dans un grenier de Leyde. J'ai accepté le travail.

Durant la Seconde Guerre mondiale et jusqu'en 1954, les stations étrangères de la BBC étaient établies à Bush House, un bâtiment en forme de demi-lune situé dans le centre de Londres. Des journalistes, des écrivains et des artistes y travaillaient. Nombre d'entre eux étaient des réfugiés venus de toute l'Europe. Il y régnait une atmosphère très britannique, à la fois policée et amicale. Nous étions tous très aimables les uns envers les autres. Les mariages entre collègues étaient fréquents. Chaque section comptait un chef de département, des journalistes et des employés de bureau. Nous disposions de trois salles au mobilier brun et vieillot. L'une des salles était réservée au chef de département, une autre aux journalistes et la troisième nous revenait. Nous étions quatre ou cinq employées, et chacune avait un bureau à sa disposition. Le travail se faisait par roulement. Notre section, la néerlandaise, assurait trois émissions quotidiennes : le matin, l'après-midi et tard le soir. Deux d'entre nous devaient toujours être présentes. Outre la dactylographie et la traduction des scripts, je participais également à l'enregistrement de textes lorsqu'on avait besoin d'une voix de jeune Néerlandaise dans le studio.

Lors de mon premier jour de travail, alors que j'étais installée à mon bureau, une jeune femme est entrée. « Tu es bien néerlandaise ? Et tu es nouvelle ici. Tu as envie de prendre une tasse de café à la cantine ? »

J'étais agréablement surprise. Elle s'est présentée, Jane Monickendam. Nous sommes allées boire un verre et sommes devenues d'excellentes amies. Nous sortions et faisions du tennis ensemble. Ses grands-parents étaient néerlandais et ses parents m'invitaient régulièrement chez eux. Lotte Fleming, qui travaillait pour le département autrichien, était souvent de la partie. Son père était un réfugié juif allemand et sa mère, allemande également, n'était pas juive. Ils avaient fui en Angleterre peu avant le début de la guerre. Lotte avait deux frères dont l'un s'appelait Peter. Tous trois vivaient dans une grande et belle maison, non loin de leurs parents. Ils avaient une domestique qui cuisinait et s'occupait du ménage. Peter était photographe chez Kodak. Lotte était l'amie d'un journaliste autrichien de son département – ils se sont mariés plus tard. Tous les quatre – Lotte, son ami Frits, Peter et moi –, nous disputions souvent des parties de tennis sur les courts de la BBC, près de Wimbledon. Nous sortions aussi ensemble, et Frits et moi logions alors chez les Fleming. Nous étions amoureuses, Lotte de son Autrichien et moi de son frère Peter. Nous avons passé ensemble quelques mois merveilleux, mais notre relation n'a pas tenu. En août 1948, nous étions tous invités à une grande soirée pour la clôture des Jeux olympiques – nous avons bu du vin et nous nous sommes beaucoup amusés. La fête touchait à sa fin, mais Peter et moi étions encore dans un coin à nous embrasser et à nous faire des câlins. Tout à coup, il m'a murmuré à l'oreille : « Dis-moi, tu n'es pas entièrement juive quand même ? »

J'étais stupéfaite. Je ne pense pas qu'il était antisémite – après tout, il était juif du côté de son père. Il ne voulait peut-être pas d'enfants juifs, mais ses paroles me consternaient et m'écœuraient.

— Si, à cent pour cent.

Je me suis levée et je suis rentrée à la maison. C'était la fin de notre histoire d'amour. Je n'ai plus voulu entendre parler de lui. Quelques années plus tard, alors que je me trouvais au théâtre avec mon époux, je me suis rendu compte, à l'entracte, qu'il occupait le siège derrière le mien. Je lui ai souri poliment, mais je ne l'ai pas salué.

*

C'était l'automne. Mon travail, que j'effectuais avec grand plaisir, m'occupait beaucoup. Cela faisait déjà trois ans que j'habitais à Londres. J'avais encore des moments de cafard, mais moins fréquemment. Même l'hiver s'était passé sans trop de problèmes. J'ai fait la connaissance d'autres Néerlandaises qui travaillaient à la BBC et j'ai aussi rencontré des employées flamandes. Les collaborateurs du département flamand et néerlandais prenaient souvent le café ensemble, et déjeunaient en même temps à la cantine. Il y avait aussi un journaliste flamand, Hugo, un beau blond, grand et bouclé. Il portait toujours un livre sous le bras.

Le 7 juin 1949, alors que je déjeunais seule à la cantine, Hugo m'a demandé la permission de s'asseoir à côté de moi. Au bout d'un moment, il m'a annoncé qu'il avait deux billets de presse pour la projection d'un film. Étais-je libre cet après-midi et avais-je envie d'y assister ? La proposition était assez courante. En ce temps-là, les journalistes culturels recevaient fréquemment les billets de presse par deux et ils nous proposaient de les accompagner. Je lui ai répondu que j'étais de service le matin et que je terminerais vers 14 heures. À ce moment-là, Charles, un journaliste anglais, est venu s'asseoir à côté de nous, il m'a annoncé qu'il avait deux billets pour un nouveau film et m'a demandé d'aller le voir en sa compagnie. Il s'agissait du même film. Je lui ai répondu que j'avais déjà accepté la proposition d'Hugo, mais pourquoi ne pas nous y rendre tous les trois ? Nous sommes donc allés au cinéma, et je me suis retrouvée assise entre Hugo et Charles. Le film s'appelait *Marry me*[1].

Après la séance, Hugo m'a demandé de dîner avec lui dans un restaurant du quartier. J'ai accepté ; en sortant de l'allée centrale, Charles m'a fait la même proposition. Je lui ai répondu qu'Hugo venait de m'inviter et lui ai suggéré de se joindre à nous. Il a refusé. Hugo et moi sommes donc allés dans un grand restaurant chinois. Il a commandé une bouteille de vin, nous avons levé nos verres et trinqué à cette soirée. Je lui ai dit : « Ce moment est d'autant plus agréable pour moi que c'est mon anniversaire aujourd'hui. »

J'avais été d'humeur maussade toute la journée. Aux Pays-Bas, chaque anniversaire se fête, mais en Angleterre, lorsqu'on est adulte, on ne célèbre que les années spéciales. Heureusement, j'avais reçu quelques cartes de la part de connaissances et d'amis néerlandais.

Hugo a été le rayon de soleil de ma journée ; il a commandé du champagne et m'a souhaité un joyeux anniversaire.

---

1. « Épouse-moi »

*

Au cours du dîner, nous avons évoqué nos années de guerre. Hugo était issu d'une grande famille flamande ; son père, qui était médecin, avait fondé le quotidien *De Standaard*. Les Allemands avaient pris en otage Hugo et une dizaine de jeunes gens issus des familles catholiques de premier plan, afin de faire pression sur elles et d'obtenir leur adhésion au nouveau régime. Ils avaient été bien traités et furent libérés après un certain temps. Par la suite, Hugo s'est engagé dans la résistance belge. Lorsqu'on l'a arrêté, on l'a prévenu que la prochaine fois, il serait incarcéré. Il a fui en France, il a traversé le pays à pied et a atteint l'Espagne en passant par les Pyrénées. Là, on l'a interné dans le camp de concentration espagnol de Miranda de Ebro. Il en a été libéré en janvier 1943, malade et épuisé, et il a pris l'avion pour l'Angleterre. Après avoir travaillé quelques mois en tant que journaliste freelance, il a été engagé par la BBC. Je lui ai raconté mes aventures. Je ne lui ai pas tout confié à ce moment-là, j'ai laissé certains épisodes de côté, mais cela m'a fait du bien de parler de ce que j'avais subi. Hugo m'a raccompagnée avant de rentrer chez lui ; nous n'habitions pas loin l'un de l'autre.

C'est devenu une agréable routine : Hugo me raccompagnait chez moi après le travail. Je louais à présent une chambre dans un hôtel. Chaque fois qu'il venait me rendre visite, nous passions la soirée dans le salon de l'hôtel avec les autres résidentes.

Vivre sa vie : Londres

Hugo apportait des boissons et du cake, et tout le monde l'adorait. Les hommes étaient cantonnés au salon et devaient quitter l'hôtel à 22 heures. Hugo revenait toutes les nuits pour déposer un poème à mon intention, je le lisais le lendemain matin. Je possède une boîte pleine de ces poèmes – en néerlandais et en français. C'était l'été et il faisait très beau. Mes amies et moi aimions nous baigner dans la piscine du Serpentine à Hyde Park, et Hugo se joignait à nous. Nous allions souvent ensemble au cinéma, au théâtre ou au restaurant, et il me raccompagnait toujours. Je ne rentrais plus jamais seule. Entre-temps, j'avais commencé à suivre des cours du soir d'anglais et d'anthropologie à l'école polytechnique de Highgate, et j'ai fini par étudier la sociologie et l'anthropologie à la London School of Economics. Puis j'ai passé mon diplôme d'enseignante. J'ai été professeure de mathématiques dans divers lycées, pour finir au Sacred Heart High Scool, à Hammersmith, où l'on m'a demandé de mettre en place un département de sociologie.

Une fois de plus, j'ai changé de nom, mais cette fois-ci dans des circonstances heureuses. Hugo et moi nous sommes mariés le 15 novembre 1955, et je me suis appelée Van de Perre au lieu de Velleman. Mais je suis restée Selma. J'ai toujours été Selma. Pour mon mariage, je portais une robe en tricot de laine rouge. C'était très osé pour l'époque ! La vie était douce, avec Hugo. J'ai relégué mon expérience de la guerre au second plan, mais elle restait présente. Hugo me disait qu'il m'arrivait de parler et de crier quand je dormais, même si je ne m'en souvenais plus au réveil. Pendant la guerre, j'avais eu très peur de me trahir en parlant pendant mon sommeil, mais personne ne m'a jamais surprise en train de le faire. Je me sentais sans doute en sécurité lorsque je dormais auprès d'Hugo, et mes rêves m'ont permis de surmonter mes peurs et mes traumatismes. Petit à petit, j'ai tout raconté à Hugo. Nous abordions souvent le sujet en présence d'amis.

Je n'ai pas eu mes règles l'année qui a suivi mon mariage, mais je n'y ai pas prêté grande attention. Après mon séjour à Ravensbrück, mes règles n'ont plus jamais été régulières, et je continuais à avoir des problèmes intestinaux. De plus, les médecins avaient déclaré que je n'aurais probablement jamais d'enfants. Comme j'avais d'autres symptômes, je suis tout de même allée consulter un médecin. Il m'a annoncé que j'étais enceinte ! Je pouvais à peine y croire, mais c'était vrai. Notre fils, Jocelin, est né le 23 juin 1957. Ensemble, nous avons été très heureux. D'abord à deux, puis à trois. Hugo n'était peut-être pas parfait, mais il était parfait pour moi. C'est le seul homme avec qui j'ai voulu partager ma vie. Grâce à son travail, j'étais souvent invitée à des fêtes, à des réceptions, à d'innombrables premières au cinéma et au théâtre ; j'ai visité des expositions, j'ai voyagé à travers toute la Grande-Bretagne et j'ai rencontré des acteurs célèbres, comme Charlie Chaplin, ou encore des sportifs de renom tels que

Fanny Blankers-Koen[2], lorsque je me suis rendue aux Jeux olympiques pour la BBC. J'ai été conviée à Buckingham Palace et au 10 Downing Street.

Hugo est décédé le 28 août 1979, après avoir été malade à peine une semaine. Il souffrait d'un cancer que les médecins ont diagnostiqué trop tard. Les journaux belges et néerlandais pour lesquels Hugo écrivait m'ont demandé si je pouvais reprendre une partie de son travail journalistique. C'est ce que j'ai fait. Durant vingt ans, j'ai été correspondante artistique et culturelle pour les journaux et la télévision belge et néerlandaise. J'ai mené une vie riche et, à présent, à 97 ans, je joue toujours au golf et au bridge, je prends des cours de peinture et je voyage à l'étranger pour rendre visite à ma famille et à mes amis.

---

2. Athlète néerlandaise, déclarée en 1999 meilleure athlète féminine du XXe siècle.

Commémoration

Même si les atrocités vécues pendant la guerre n'ont pas déterminé mon existence, les épreuves que j'ai subies ont forcément joué un rôle important dans ma vie. Les risques que nous avons pris ensemble, mes camarades de résistance et moi, ont créé un lien si fort que nous avons toujours gardé le contact. La guerre a eu un impact durable sur notre vie. Le procès de Bob pour allégation de trahison a eu lieu sept ou huit mois après mon arrivée en Angleterre. On m'a assignée à comparaître en tant que témoin, et je suis revenue aux Pays-Bas. J'ai témoigné, ainsi que Frans Gerritsen et Dirk Kraayenhof de Leur, le frère de Jan. Tous, nous avons dit que Bob était une personne remarquable et nous avons parlé de son considérable engagement pour la Résistance. Dieu merci, il a été libéré. Hélas, l'histoire se termine mal. Bob est resté longtemps auprès de Dientje pour s'occuper d'elle après sa sortie de l'hôpital, mais leur mariage n'a pas tenu. Dientje était pleine d'amertume. Elle m'a confié plus tard qu'elle n'avait jamais pardonné à Bob d'avoir trahi les résistants qui ont été assassinés par sa faute dans le cloître, ni d'avoir ruiné sa vie. Elle était aussi amère parce que sa paralysie lui interdisait d'avoir des enfants – ce qu'elle aurait pourtant désiré. Les tentacules de la guerre se sont étirés, et ont étranglé l'amour et l'affection que s'étaient portés ces deux personnes. Nous n'avons jamais réussi à nous remettre entièrement des horreurs que nous avons vécues, mais il n'y a rien de surprenant à cela. Bob et moi sommes toujours restés amis, c'est pourquoi Dientje a longtemps refusé de me voir. Quelques années plus tard, je lui ai envoyé un grand bouquet de fleurs pour son anniversaire, et nous nous sommes réconciliées. Elle m'a écrit une très belle lettre de remerciement pour les fleurs et m'a demandé de lui rendre visite lors de mon prochain passage aux Pays-Bas. Bob a fini par se remarier et a eu deux filles. Il m'a rendu visite en Angleterre et s'est très bien entendu avec Hugo. Lorsqu'il venait à Londres pour son travail, il passait nous voir, et nous allions tous les trois au restaurant ou au théâtre. Il adorait aussi Jocelin et s'est déplacé pour les funérailles d'Hugo. Dientje a survécu à Bob, elle a dépassé les 80 ans alors que les médecins lui avaient annoncé qu'elle ne vivrait pas longtemps.

Les vies d'autres camarades de résistance ont été plus heureuses. Paula Kaufman a émigré en Israël après la guerre ; je suis allée la voir là-bas. Je l'ai rencontrée pour la dernière fois à Haarlem.

C'était une femme formidable. Elle a quitté les Pays-Bas en janvier 1944 pour s'installer à Paris, dans un appartement utilisé par les membres de la résistance néerlandaise. Elle était née en Pologne, mais habitait Vienne depuis son enfance et parlait donc couramment l'allemand. Grâce à cela, elle a obtenu un poste de secrétaire auprès du directeur du département de l'immobilier de la Gestapo parisienne, ce qui lui a permis d'avoir accès à de nombreuses informations précieuses qu'elle transmettait à la Résistance. Elle a été trahie en juillet 1944 par des personnes qu'elle croyait être des amis et a été déportée à Bergen-Belsen. Après la guerre, elle s'est portée volontaire comme infirmière – c'était une femme aux multiples talents – et elle s'est rendue dans tous les camps de réfugiés d'Europe à la recherche de sa mère. Et elle l'a miraculeusement retrouvée – cette histoire extraordinaire témoigne de sa détermination et de son instinct de survie.

J'ai revu également Antje Holthuis. J'ai passé quelques jours avec elle en 1982. Nous avons fait de grandes promenades à bicyclette. Durant l'une de ces sorties, elle m'a demandé quels souvenirs je gardais de mes années de guerre, et nous avons évoqué le passé. Elle voulait coucher tout cela sur papier, car ses enfants lui posaient beaucoup de questions. Longtemps, nous avons voulu oublier le conflit et aller de l'avant, mais le moment était venu de se souvenir et de revenir sur le passé. Antje pensait qu'il fallait raconter ce qui avait eu lieu à tout le monde, et pas seulement à la famille ou aux amis.

J'ai aussi revu Mien Lubbe, mais son histoire est plus tragique. Ses jambes lui ont toujours posé problème, elle boitait déjà lorsque nous étions à Leyde. Il s'est avéré qu'elle souffrait d'un cancer des os. Wim Storm lui a conseillé l'amputation, qu'elle a longtemps refusée. En 1946, Wim m'a demandé d'aller la voir dans sa chambre à Amsterdam-Sud. Je lui ai apporté une grande boîte de chocolats Droste, qui étaient extrêmement difficiles à trouver en ce temps-là. On l'avait amputée des deux jambes et elle restait assise toute la journée dans un fauteuil. Elle me faisait de la peine. Elle était censée recevoir des prothèses, mais les hôpitaux étaient pleins à craquer de déportés revenant malades et blessés des camps. À cause de la pénurie de médecins, elle a dû attendre longtemps avant d'obtenir ses jambes artificielles.

Ces personnes courageuses auront à jamais une place dans mes pensées et dans mon cœur. Le 5 février 1985, Mien et Antje ont été toutes les deux honorées comme Justes parmi les nations par Yad Vashem, l'institut international pour la mémoire des victimes de la Shoah érigé par l'État d'Israël en 1953. Greet Brinkhuis et ses parents, Cornelia et Cornelis, ont également été honorés parce qu'ils m'ont recueillie, aidée et soutenue. Greet et moi sommes restées amies intimes jusqu'à sa mort en 2003. Toutes ces personnes ont agi héroïquement pour m'aider, moi et d'autres Juifs. Même si nos vies ont pris des cours différents après la guerre, ce lien entre nous ne se brisera jamais. Malgré ma résolution d'aller toujours de l'avant et de ne pas laisser les nazis gâcher mon existence, je n'ai rien oublié des atrocités que j'ai vécues, et ces amis resteront toujours dans mon cœur.

Le 29 juin 1983, j'ai reçu la croix de la Résistance 1940-1945 des mains de l'ambassadeur des Pays-Bas à Londres, au nom de la reine Beatrix. Cette décoration est décernée aux résistants de la Seconde Guerre mondiale. Je suis très fière de cette distinction honorifique et de mon engagement dans la Résistance. Mais je n'oublierai jamais que je n'ai été qu'une personne parmi tant d'autres à affronter la barbarie et à n'avoir reculé devant rien pour sauver le plus grand nombre de vies.

*

Je pense tous les jours à ma famille. La mort de papa, de Mams et de Clara restera l'événement le plus terrible de mon existence. Savoir comment ils ont été assassinés est pour moi pire que tout ce que j'ai subi durant la guerre – y compris ma déportation à Ravensbrück. Malgré ma vie heureuse et bien remplie, en compagnie d'un époux que j'ai beaucoup aimé et de mon fils, je ne me suis jamais remise de ces atrocités. Au fond de moi, il y a une blessure qui ne guérira pas. Dans ma tête, je reconstitue dans les plus horribles détails ce qu'ils ont subi. Je me demande si Mams et Clara – ces deux êtres gentils et innocents qui n'ont jamais fait de mal à personne – ont compris ce qui leur arrivait. Je me demande si elles se tenaient par la main au moment de mourir ; je me demande si papa a eu une pensée pour nous à l'instant ultime, ou s'il était trop paniqué pour penser à quoi que ce soit. C'est horrible de priver quelqu'un de son droit à une mort naturelle. J'en fais des insomnies même à présent, soixante-quinze ans plus tard, et je me dis : *Selma, dors ! Y penser ne changera rien à ce qui s'est passé.*

Je suis retournée plusieurs fois à Ravensbrück, mais je n'ai jamais pu me résoudre à voir Westerbork, Auschwitz ou Sobibor. Je m'infligerais un coup de poignard en plein cœur en me rendant sur les lieux où papa, Mams et Clara ont passé leurs derniers instants et ont été envoyés à la mort.

Cette barbarie a vraiment eu lieu, je le sais, mais je n'arrive toujours pas à croire qu'on soit allé si loin pour tuer son prochain et de manière tellement monstrueuse. Participer aux commémorations et parler de la Shoah me permet de supporter ces atrocités. Je me rends à Amsterdam tous les mois d'avril pour assister à une cérémonie sur le Museumplein, durant laquelle je dépose une gerbe de fleurs au pied du monument « Femmes de Ravensbrück 1940-1945 » au nom de la fondation du Comité du camp de concentration de femmes de Ravensbrück et à la mémoire de toutes les femmes courageuses qui y ont été assassinées. Ensuite, je vais passer une semaine à Ravensbrück, j'y parle de mon expérience à des professeurs de néerlandais fraîchement diplômés afin qu'ils transmettent ces récits aux générations suivantes. J'en sors bouleversée tous les ans. Lorsque la semaine prend fin, une cérémonie a lieu devant le monument aux victimes, et nous jetons des roses dans le Schwedtsee, ce lac où reposent les cendres de tant de femmes et d'enfants. La première fois que je suis retournée à Ravensbrück, cinquante ans après la Libération, en 1995, ce fut très dur. J'ai souffert de longues nuits d'insomnie. Aujourd'hui, j'y suis plus habituée, mais ce ne sera jamais facile.

Un jour, en revenant d'Allemagne, on m'a demandé de lire à voix haute le poème qu'un lycéen avait écrit sur le thème des lourdes bottes allemandes. Cela m'a ramenée au milieu de la nuit où j'avais décidé que Mams, Clara et moi devions entrer en clandestinité, lorsque Clara et moi, couchées dans le lit, écoutions les Allemands se ruer dans l'appartement de nos voisins. J'étais très émue et je trouvais ce poème extrêmement difficile à réciter. Mais je m'en suis sortie, et on m'a dit que je l'avais très bien lu.

Après le séjour à Ravensbrück, je reviens à Amsterdam le 4 mai pour la cérémonie de la journée nationale du souvenir, qui a lieu sur le Dam. En tant que survivante et représentante du camp de concentration de Ravensbrück, je dépose une gerbe de roses blanches et rouges – en souvenir des victimes mortes dans ce camp. La cérémonie est très émouvante. Nous rendons hommage à tous ceux qui ont été assassinés. Le 4 mai 2019, j'ai déposé une gerbe sous mon nom, Selma, en tant que résistante et survivante de la Shoah en compagnie de Katinka Jesse, la fille cadette de Bob.

*

Le 5 mai, nous fêtons la Libération.

*

Je suis l'une des rares survivantes juives de la Seconde Guerre mondiale. Ceci est le récit de mon engagement dans la Résistance lorsque j'étais une jeune femme de 20 ans, de mon arrestation et de ma déportation en tant que non Juive, dans le tristement célèbre camp de Ravensbrück, le seul camp de concentration réservé aux femmes.

Les Pays-Bas sont le pays d'Europe de l'Ouest où la persécution des Juifs a été la plus efficace et le nombre de victimes le plus élevé. Plus des trois quarts de la population juive a été assassinée, dont mon père, ma mère, ma sœur Clara, ma grand-mère, mes tantes, mes oncles, mes cousins et mes cousines.

Je faisais partie des nombreux Juifs qui ont combattu le régime nazi, mon récit est un exemple de ce qui est arrivé à des milliers de Juifs et de non-Juifs. Ce témoignage personnel rend compte des détails de notre existence, de la chance qui a sauvé la vie à certains d'entre nous et de la barbarie qui l'a retirée à tant d'autres. Je voulais rendre hommage à tous ceux qui ont souffert et qui sont morts, à mes courageux amis et camarades de la Résistance qui ont mis leur vie en jeu pour tenter de sauver celle des autres. Nous étions des personnes ordinaires qui affrontions des situations extraordinaires. Ce récit est un témoignage de notre combat contre la barbarie. Il ne faut oublier ni les atrocités de la Seconde Guerre mondiale, ni l'héroïsme de ceux qui les ont bravées. J'espère que mon livre participera à ce travail de mémoire.

Épilogue

Mon amie Greet a déménagé en 1995. Elle a trouvé une boîte sous son lit au moment de ranger et d'emballer ses affaires. Un message s'y trouvait caché :

6 septembre 1944 – Pour Greet Brinkhuis

Ma chère Gretchen,

Suis avec douze autres personnes dans un wagon à bestiaux, à Vught. Destination probable, Sachsenhausen ou Ravensbrück. Tiens bon. C'est ce que je fais moi aussi. Même si j'aimerais que ce cauchemar prenne fin. Je vais jeter ce message du train, par une fente dans la paroi. Au revoir mes chéries. Baisers, Marga

*

Mon nom est Selma

Greet avait totalement oublié ce message et comme il m'était aussi sorti de l'esprit, je ne lui en avais jamais parlé. Il se passait tant de choses extraordinaires en ce temps-là qu'il n'y avait rien d'étonnant à passer sous silence le petit miracle que représentait l'arrivée à bon port d'une lettre. Un homme bon, peut-être le chef de gare, la lui avait envoyée. Un signe de vie de ma part, de la part de Selma.

Cet ouvrage est composé de matériaux issus de forêts bien gérées certifiées FSC®, de matériaux recyclés et de matériaux issus d'autres sources contrôlées.

Achevé d'imprimer en décembre 2020
sur les presses de la Nouvelle Imprimerie Laballery
58500 Clamecy
Dépôt légal : janvier 2021
Numéro d'impression : 010613
Imprimé en France

La Nouvelle Imprimerie Laballery est titulaire
de la marque Imprim'Vert®